クローバー

人間の女の子。紹介所《しょうかいじょ》ではたらきはじめた。

こびと

紹介所《しょうかいじょ》の門番。
名前は……。

ジャムズ

魔法動物紹介所《まほうどうぶつしょうかいじょ》のオーナー。

クローバーと魔《ま》法《ほう》動《どう》物《ぶつ》

2

魔法より大切なもの

ケイリー・ジョージ 作

久保陽子 訳　スカイエマ 絵

童心社

これまでのあらすじ

　魔物《まもの》がすむという、深《ふか》い深い森。いつもついていないクローバーが、にげだしたカナリアを追《お》いかけて、森の奥深《おくふか》くへはいっていくと……。

そこには、魔《ま》法動物紹介所《ほうどうぶつしょうかいじょ》があったのです！　オーナーのジャムズさんの厚意《こうい》で、紹介所ではたらくことになったクローバーは、ドラゴンやユニコーンなど、ふしぎな魔法動物のお世話《せわ》をすることになりました。ところが、ジャムズさんの留守中《るすちゅう》に、よこしまな魔女が紹介所にやってきます！　おそろしい計画《けいかく》のために、魔法動物を利用《りよう》しようというのです。機転《きてん》をきかせ、魔女のたくらみを止めることができたクローバーは、紹介所のスタッフとして信頼《しんらい》されるようになりました。

　さて、ジャムズさんが保護《ほご》した魔法動物の卵《たまご》から、もうじき赤ちゃんが生まれるのですが……。

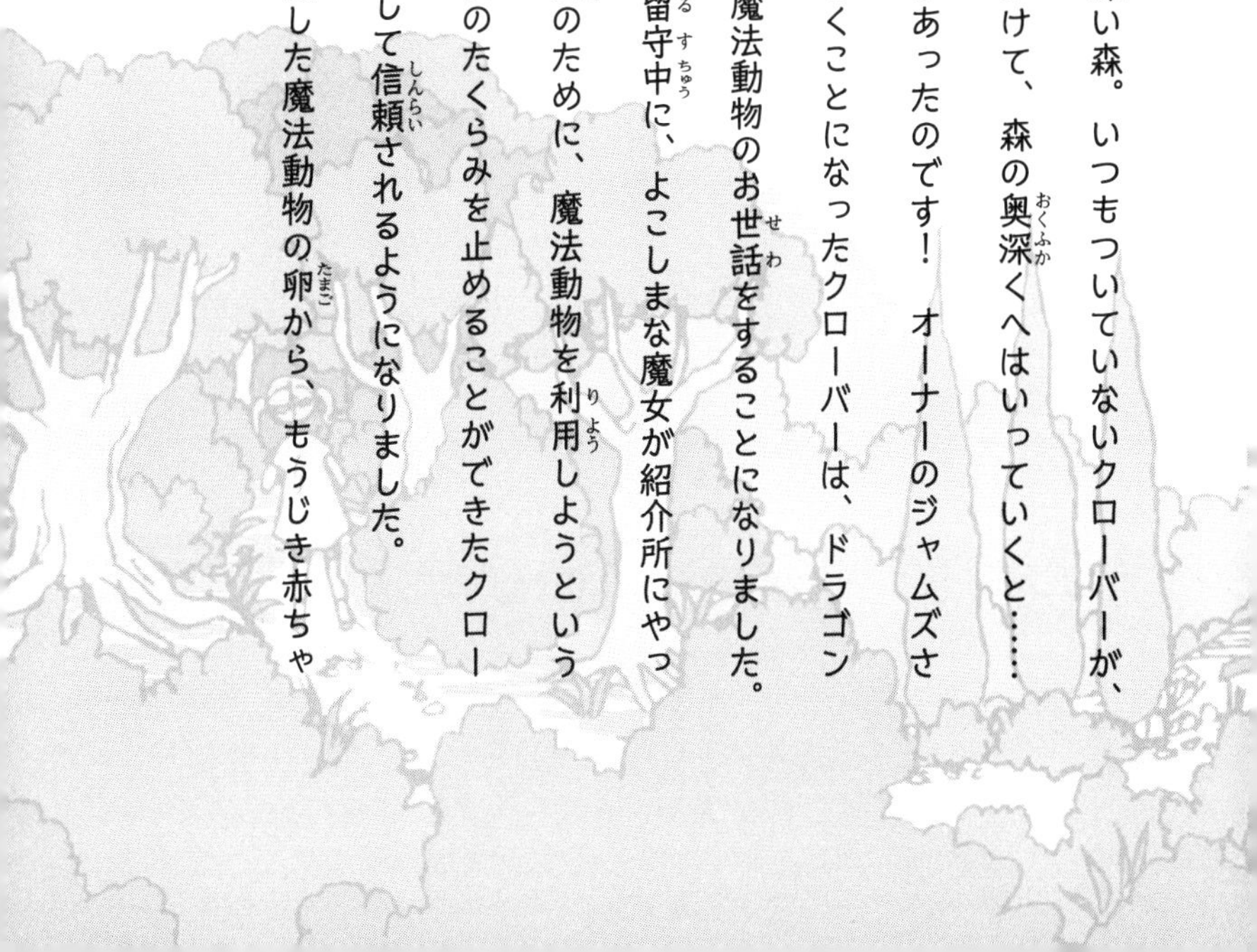

もくじ

1 なんの卵《たまご》? 8
2 ジャムズさんの遠出 19
3 い、からのかけら 30
4 巨人《きょじん》の望《のぞ》み 43
5 ココの病気《びょうき》 58

6　魔法《まほう》ネコ　82
7　ふきげんなタンジー　106
8　レインボー通りへ　132
9　大切《たいせつ》なのは　159
10　最高《さいこう》のピクニック　176

著者紹介

作　ケイリー・ジョージ

カナダの児童文学作家。ブリティッシュ・コロンビア大学で児童文学の修士号を取得。絵本や読み物を数多く手がけている。邦訳は「ハートウッドホテル」シリーズ（童心社）がある。本書はカナダで高い評価を受けており、第1巻はOLA Best Bets Award Winner, 2016を受賞している。また、ドイツ、ルーマニア、イスラエル、中国で翻訳出版されている。

訳　久保陽子（くぼ・ようこ）

鹿児島県生まれ。東京大学文学部英文科卒業。出版社で児童書編集者として勤務ののち、翻訳者になる。訳書に「ハートウッドホテル」シリーズ（童心社）『カーネーション・デイ』（ほるぷ出版）『ぼくってかわいそう！』『明日のランチはきみと』『うちゅうじんはいない!?』（いずれもフレーベル館）『わたしのペットはまんまるいし』（ポプラ社）などがある。

絵　スカイエマ

東京都生まれ。児童書・一般書の装画や挿絵など幅広く手がけている。第46回講談社出版文化賞さしえ賞を受賞。 おもな作品に『ぼくがバイオリンを弾く理由』「幻狼神異記」シリーズ「忍剣花百姫伝」シリーズ（いずれもポプラ社）『林業少年』（新日本出版社）「アサギをよぶ声」シリーズ（偕成社）『ぼくらの原っぱ森』（フレーベル館）などがある。

2

クローバーと魔《ま》法《ほう》動《どう》物《ぶつ》

魔法より大切なもの

1 なんの卵《たまご》？

卵からは、どんな生《い》き物《もの》が生まれてくるかわからないものです。魔《ま》法動物《ほうどうぶつ》の卵ともなれば、なおさら。小さな卵から、おそろしいドラゴンが生まれることもあれば、大きな卵から、おくびょうな大ウミヘビがでてくることもあるのですから。

魔法動物紹介所《しょうかいじょ》を切《き》り盛《も》りするジャムズさんが持ち帰ってきた、斑点《はんてん》のある大きな卵も、いったいなにが生まれてくるのかわかりません。ただジャムズさんは、ドラゴンの卵でないことはたしかだといっていました。ドラゴンの卵のことなら、よく知っているそうです。大ウミヘビなら卵の中であばれている音

がするそうで、大ウミヘビでもないようです。火トカゲの卵《たまご》にしては大きすぎます。グリフォンの卵なら、こんなにかがやいていないそうです。フェニックスでもありません。不死身《ふじみ》の鳥、フェニックスは卵ではなく、自分の遺灰《いはい》の中からよみがえるからです。

しかし、なんの卵かわからなくても、クローバーは愛情《あいじょう》をこめて世話《せわ》しています。

クローバーは三週間まえ、夏休みのはじまりの日から、魔法動物紹介所《まほうどうぶつしょうかいじょ》でボランティアで仕事《しごと》をしています。紹介所の建物《たてもの》は木造《もくぞう》で、かべにつたがはい、えんとつはかたむき、コケむしたわらぶき屋根《やね》の、なんのへんてつもないコテージに見えます。ところが、中にはいるとびっくり！

「どんなに風変《ふうが》わりな動物にも、ふさわしい里親はいる」と書かれた張《は》り紙《がみ》や、金色の大きな『ウィッシュブック』があり、火トカゲに妖精馬《ようせいば》、ユニコーンなど、たくさんの魔法動物が暮《く》らす魔法の空間なのです。

飼《か》い主《ぬし》のいない魔法動物《まほうどうぶつ》の世話《せわ》をし、ふさわしい里親にひきわたすのが紹介《しょうかい》所《じょ》の役目《やくめ》です。これまでにユニコーンやドラゴンを里親にひきわたし、わるい魔女からおさない魔法ネコを救《すく》いだしました。魔法動物があたらしい友だちとであい、傷《きず》ついた心をいやし、あたらしいわが家を見つける場所《ばしょ》、それがここ、魔法動物紹介所です。

ジャムズさんが持ち帰った卵《たまご》は、まだ里親にはひきわたせません。しかし生まれてくる魔法動物には、じゅうぶんに大きくなったら里親をさがすことになるでしょう。

きょうもクローバーは、ドラゴンのしっぽ横丁《よこちょう》をスキップしながら、魔法動物紹介所にむかっています。やがて門が見えてきました。クローバーは門のところに立っているこびとのもとへかけていき、あいさつしました。

「おはようございます」

紹介所にようこそ

人形のように見えますが、ほんもののこびとなのです。夜は紹介所《しょうかいじょ》の番をし、昼間は寝《ね》ています。クローバーは、こびとがいまも立ったまま寝ているのに気づき、起《お》こさないようにそっと門を閉《し》めました。

ジャムズさんはもう居間《いま》の明かりをつけていますが、紹介所をあけるのは一時間あとです。クローバーは卵《たまご》のようすを見に、小屋《こや》のうら口へむかいました。ドラゴンやグリフォンなど大きな動物《どうぶつ》を世話《せわ》するための小屋ですが、いまはおだやかな性質《せいしつ》のユニコーンがいるだけです。しずかで心地《ここち》よく、卵をそだてるのにうってつけです。

緑《みどり》のつたでおおわれたうら口は、秘密《ひみつ》の世界《せかい》への入り口のようで、クローバーはいつもわくわくします。つたをよけてカギ穴《あな》を見つけ、小さなカギをさしこみました。ジャムズさんがこのまえ、卵を救《すく》うためにでかけて紹介所の切《き》り盛《も》りをクローバーにまかせたとき、もらったカギです。玄関《げんかん》と小屋のうら口のどちらにもつかえます。帰ってきたジャムズさんにカギをかえそうとすると、こういわれました。

「それはもう、きみのものだ。きみが自分の力で手にいれたのだよ」

動物《どうぶつ》の歯《は》でつくられたカギです。ひもをとおし、さいきんでは首からさげておくようになりました。そうすると、カギはちょうど服《ふく》の下にかくれます。

カギをあけると、ドアはギーッと音を立ててひらきました。中にはいると、干《ほ》し草《くさ》のあまい香《かお》りとユニコーンのおだやかな鳴き声にむかえられました。

干し草をしきつめた馬房《ばぼう》のあいだに一か所《しょ》だけ、さまざまな種類《しゅるい》の羽根《はね》をひざの高さにまでしきつめた馬房があり、まるで何百個《なんこ》もの羽根まくらの中身《なかみ》を取《と》りだしてちらかしたかのようです。

その中につくった巣《す》の上に卵《たまご》が置《お》いてあり、てっぺんがのぞいています。卵をあたたかく安全《あんぜん》にそだてるためには、これがいちばんいい環境《かんきょう》だとジャムズさんはいっていました。黄色と白の斑点《はんてん》があり、スイカよりも大きい卵ですが、いまは羽根にかくれて、よく見えません。

　馬房《ばぼう》のさくには緑色《みどりいろ》の子ネコがのっています。クローバーが魔女《まじょ》のもとから救《すく》いだし、ラッキーと名づけた魔法《まほう》ネコです。ふわふわの羽根《はね》に興味津々《きょうみしんしん》のようで、エメラルド色の瞳《ひとみ》でじっと見つめています。

「ラッキー、そこにいたのね」

　クローバーはラッキーの耳のうしろをなでました。ジャムズさんが、ラッキーをクローバーのペットとして紹介所《しょうかいじょ》に置《お》いていいといってくれたときには、うれしくて胸《むね》がいっぱいになりました。クローバーのペットなら、里親希望《きぼう》のお客《きゃく》にひきわたすこともありません。もしだれかにひきとられてしまったら、さびしくてたまらないと思っていたのです。

　きのうは卵《たまご》のために本を持ってきて、一時間たっぷり、読みきかせしました。生まれるまえから読みきかせをすると、よくそだつときいたことがあるからです。ジャムズさんが卵を救いだすために紹介所を留守《るす》にしていたあいだは、ひとりで仕事《しごと》をこなさなければならず、時間がありませんでしたが、いまは動物《どうぶつ》たちとあそぶ時間もあります。ユニコーンにのって散歩《さんぽ》させたり、火トカゲを日光浴《にっこうよく》につれだしたりもしました。

きょうも卵《たまご》のために、とっておきのものを持ってきました。クローバーはバッグを地面《じめん》に置《お》き、自分が赤ちゃんのころにつかっていた小さな毛布《もうふ》を中から取《と》りだしました。やわらかなフリース地の毛布です。

「そこにいてね」

クローバーはラッキーに声をかけ、馬房《ばぼう》のとびらをあけました。ラッキーは羽根《はね》の上にとびおりるのが大好《だいす》きなのです。でも、卵にぶつかったらたいへんです。

クローバーは毛布を手に、ふわふわの羽根をかきわけて巣《す》に近づきました。卵がまっすぐに立つようにと、ジャムズさんが小枝《こえだ》や糸を組みあわせてつくった巣です。羽根が足をくすぐります。そして巣の上に、卵をかこむように毛布をはさみこみました。

あたたかい卵《たまご》のからに、そっとてのひらをあてました。ほかの卵とおなじように、かたくすべすべしているように見えますが、さわってみるとユニコーンの鼻先《はなさき》やベルベットのようにやわらかです。クローバーはやさしくなでながら、卵にささやきました。

「わたしが、しっかりお世話《せわ》するからね」

ジャムズさんによると、この卵はトロール*の一家が見つけたそうです。一家の住《す》んでいる橋《はし》の下で、キイチゴのしげみにかくれていたそうです。すてられた卵にちがいなく、卵を守《まも》る魔法《まほう》がかけられていたため、傷《きず》ひとつなく、ころがることもなくそこにとどまって

＊トロール　ごつごつした岩のような肌《はだ》で、ずんぐりとした体型《たいけい》。巨大《きょだい》なすがたで知られているが、小さくすがたを変《か》えることもできる。

いたのでした。しかしなんの動物《どうぶつ》だったとしても、卵《たまご》からかえれば、ひとりでぶじに生きていけるとは思えません。そこでトロールは、魔法《まほう》動物紹介所《しょうかいじょ》に連《れん》絡《らく》したのでした。

ジャムズさんは一日半かけてたどりつき、卵にかかっている魔法を解《と》いて、しげみからはこびだしました。なんの卵かわかる手がかりがないかと、橋《はし》のまわりをくまなくしらべたものの、なにも見つからなかったそうです。トロールが、お礼《れい》に家でおもてなしをしたいとジャムズさんをひきとめたので、帰りがおそくなったのでした。

(卵がこうして、世話《せわ》をしてもらえる紹介所にやってきてよかった)

卵をなでていると、おなかをすかせたラッキーがミャーオと声をあげました。そろそろ仕事《しごと》をはじめる時間です。馬房《ばぼう》のとびらをあけてでようとした、そのとき……。

卵がわずかにうごいたのが、目のはしにはいりました。

クローバーは思わずふりむきました。

しかし卵《たまご》はなにごともなかったかのように、身《み》うごきひとつしません。

クローバーは忍《しの》び足《あし》で近づき、ひざまずいて、卵に耳を押《お》しあてました。しかし自分の心臓《しんぞう》の音のほかは、なにもきこえてきません。しばらくそのままってみましたが、あきらめて大きく息《いき》をつくと立ちあがりました。

ラッキーはさくの上で、卵をじっと見つめています。

「ラッキーも気づいた？　さっき、卵がうごいたの」

ラッキーはしっぽを、はてなマークのようにひねりました。

2 ジャムズさんの遠出

ジャムズさんに早く知らせようと、クローバーはろうかをかけていきました。ラッキーもあとにつづきます。バターたっぷりのトーストの香《かお》りがただよってきます。クローバーは居間《いま》のドアをあけるなり、大声でいいました。

「ジャムズさん、卵《たまご》がうごきました！」

しかし目にとびこんできたのは、なぜか荷《に》づくりをしているジャムズさんのすがたでした。荷物《にもつ》をパンパンにつめたスーツケースはゆがんでいます。ジャムズさんはその上に腰《こし》かけて体重《たいじゅう》をかけ、なんとか閉《し》めようとしています。あごひげはもつれ、鼻《はな》にはジャムがつき、ほおはドラゴンのはく炎《ほのお》のように、まっ

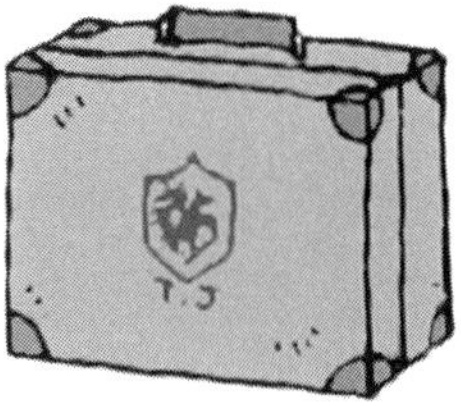

赤《か》です。

そのとき、スーツケースは閉《し》まるどころか、パーンと音を立てて、いきおいよくひらき、中《なか》身《み》がゆかにちらばりました。地図や本、シャツに靴下《くつした》、ジャムのびんまであります。ジャムズさんは、ゆかにどっかりとすわりこみました。

「はあ……だめか。もうこれで三度目《どめ》だ」

そしてふさふさのまゆ毛をひょいっとあげて、クローバーを見ました。

「で、卵《たまご》がうごいたのかい？」

「はい……たぶん。ほんのすこしですけど……」

「それならなおさら、早く出発《しゅっぱつ》しなければならんな。ようすを見てくるから、これをなんとか閉められないか、やってみてくれるかい？　幸運《こううん》なきみならで

きるかもしれん」

クローバーはスーツケースにかけよりましたが、閉《し》められる自信《じしん》はありません。ジャムズさんは小屋《こや》へむかいました。

ストロベリージャムをたっぷりぬったトーストが、ひと口も食べないまままつくえにのこされています。ジャムズさんはシナモントーストがいちばん好《す》きですが、ストロベリージャムをぬるのも好きです。どんなトーストも、食べないままほうっているところなど、いままで見たことがありません。よほどあわてているのでしょう。

（どうしたんだろう？）

クローバーは、ちらばった中身《なかみ》をスーツケースにつめなおしました。地図が何枚《なんまい》かありますが、どれもどこの地図なのかわかりません。本も一冊《さつ》あり、『魔《ま》法動物百科《ほうどうぶつひゃっか》　十五巻《かん》　巣《す》と卵《たまご》』とあります。たたんだシャツの上に本と地図をのせ、靴下《くつした》のあいだにジャムのびんをつめると、荷物《にもつ》はすべてきっちりとはいり、すき間までできました。閉《し》めると、スーツケースのそとがわにドラゴンの紋章《もんしょう》と「T《ティー》.J《ジェイ》.」というイニシャルがついているのに気づきました。

(きっとジャムズさんのイニシャルね)

しかし、なぜドラゴンの紋章があるのでしょう？　まるで魔法組織《まほうそしき》の紋章のようです。ひょっとして、なにかの魔法組織にはいっているのでしょうか？　紹介所《しょうかいじょ》で魔法をつかっているところは見たことがありませんが、ジャムズさんにはふつうの人間とはちがう、とくべつなふんいきがあります。

スーツケースの留《と》め金《がね》をかけたとき、ジャムズさんがもどってきました。

「おお、閉まったか！　きみのうでは、みごとだな」

「整理《せいり》していれただけです」

ジャムズさんはわらいました。

「それだけで閉まるとは！　ところで卵《たまご》を見てきたが、さいわい、すぐにかえるようすはないよ。なんの卵かはわからんが、斑点《はんてん》のある魔法の卵は、もうすぐかえるころになると中でうごきまわって音がするし、斑点《はんてん》の色も変《か》わる。そのどちらもないな」

ジャムズさんはハンカチでひたいの汗《あせ》をぬぐうと、ソファーにどっかりと腰《こし》をおろしました。クローバーもとなりにすわると、ラッキーがテーブルの下から顔をだし、ふたりのあいだにとびのりました。クローバーは、とまどってききました。

「ジャムズさん、どこにいくんですか？」

「ここからそう遠くないところに、魔法動物《まほうどうぶつ》の専門家《せんもんか》がいるんだ。人里はなれたところで調査《ちょうさ》に専念《せんねん》していてね」

「専門家？　魔法動物の？　でもジャムズさんも専門家ですよね？」

ジャムズさんは、にっとわらいました。

「シナモントーストをつくるのにかけては、わしもおそらく専門家だがな。その専門家は高名な魔法使《まほうつか》いの一族《いちぞく》、フォン・フーフ家の一員《いちいん》だ。何百年にもわたり、代々《だいだい》、魔法動物《まほうどうぶつ》を調査《ちょうさ》してきた一族《いちぞく》なのだよ。ひいおばあさんは王立魔法動物協会《きょうかい》の創設者《そうせつしゃ》で、お兄さんは魔法動物博物館《はくぶつかん》で希少《きしょう》な遺物《いぶつ》を取《と》りあつかう学芸員《がくげいいん》をしている。本人は『めずらしい卵《たまご》ジャーナル』の編集長《へんしゅうちょう》をつとめていて、『魔法動物百科』も三巻《かん》分、執筆《しっぴつ》している」

「すごいですね」

おもしろそうなタイトル、知らない世界《せかい》の話に、クローバーは興味津々《きょうみしんしん》です。

「彼《かれ》は卵の専門家《せんもんか》で、話をするには直接《ちょくせつ》あいにいくしか方法《ほうほう》がない。早くあって、なんの卵なのか教えてもらわなければ。卵がかえるまえに、しっかり準備《じゅんび》をしておけるようにな」

「卵がかえってから準備をすればいいんじゃないんですか？」

ジャムズさんは、しぶい顔で首をよこにふりました。

「それでは間にあわん。魔法動物の赤《あか》ん坊《ぼう》は、ふつうの動物の赤ん坊よりずっと早く成長《せいちょう》することが多いのだ。そして生まれたときからたいてい、たくましい。魔力《まりょく》で早く成長《せいちょう》し、バランス感覚《かんかく》も早く身《み》につけ、めきめきと力がついていくからな。ふつうの動物《どうぶつ》の赤《あか》ん坊《ぼう》にとっての数週間は、魔法《まほう》動物の赤ん坊には数日のことだ。きみも気づいているだろうが、ラッキーもふつうのネコより成長が早い。だが魔女に飼《か》われているあいだ、まんぞくにえさもあたえられていなかったようだから、魔法動物にしては成長がおそいのではないかな」

「魔女に薬《くすり》をかけられましたけど、からだはだいじょうぶなんですよね？」

「ああ、だいじょうぶだ。だが緑色《みどりいろ》でいるという以外《いがい》に、なにか魔力を持っているようすは、いまのところないな」

「そんなの、いいんです」

クローバーがきっぱりというと、ジャムズさんはほほえみました。

「もし魔力を持っているなら、そのうちわかるだろう。だが卵《たまご》については、のんびりまっているわけにはいかない。もし、めずらしい亀人魚《かめにんぎょ》の卵だったら、孵化《ふか》してすぐに濃《こ》い塩水《しおみず》にいれなければ生きられない。九つ頭の鳥の卵だったら、九羽分《わ》のえさがいる」

「セドリックさんが持ってきた粉《こな》ミルクが、たくさんありますよね」

必要《ひつよう》なものをいつもはこんできてくれる配達員《はいたついん》のセドリックさんは、上半身《じょうはんしん》は人間、下半身は馬のケンタウロスです。

「あれは、えさがたりないときの間にあわせにあたえる、栄養補給用《えいようほきゅうよう》のミルクだ。味《あじ》があまりよくない。それにあいにく、セドリックは、わしが注文《ちゅうもん》したフェニックスの涙《なみだ》を配達するのをわすれていた。もしバシリスク*の卵《たまご》だったら、どうする？　バシリスクにかまれれば、その毒《どく》で人間は死《し》んでしまう。毒を消《け》せるのはフェニックスの涙だけだ」

クローバーは顔をしかめました。そんなことは考えてもみませんでした。卵から生まれるのが、毒を持った巨大《きょだい》なヘビのようなバシリスクだとしたら、クローバーがいま、卵にいだいている気持ちもしぼんでしまうかもしれません。自分を殺《ころ》すかもしれない生《い》き物《もの》を、愛《あい》せるでしょうか？

＊バシリスク　「ヘビの王」といわれている。その視線《しせん》にも毒《どく》があり、見つめられただけで命《いのち》を落《お》とす、あるいは石化《せっか》してしまう。天敵《てんてき》はイタチ。

「そう長旅《ながたび》にはならないはずだ。おそくとも三日後には帰ってくる」

「でも、ジャムズさん……」

「わかっているさ。このまえでかけたときは、もどるのが予定《よてい》よりずいぶんおそくなったから、しんぱいなんだろう？　だが今回は、予定どおりに事《こと》が進《すす》むはずだ。きみはこのまえも、ひとりでしっかり紹介所《しょうかいじょ》を切《き》り盛《も》りしてくれたから、またやってくれるね」

「でも……」

「動物《どうぶつ》たちのえさはじゅうぶんに用意《ようい》してある。それに夜は、こびとが番をしてくれる」

「でも……」

「念《ねん》のため、つくえの上にナーチの電話番号《ばんごう》のメモを置《お》いてある。仲《なか》のいい友人で、うでのいい魔法《まほう》動物の獣医《じゅうい》だ。まあ、なにも起《お》き

ないとは思うが」

それはどうでしょう？　このまえはジャムズさんのいないあいだに、たいへんなことがたくさん起《お》きたのです。それでもなんとか切りぬけ、さいごには全《ぜん》部《ぶ》うまくいったのでした。きっと今度《こんど》もやりぬけるはずです。

ジャムズさんは懐中時計《かいちゅうどけい》を見ました。

「おっと、いかん、もうこんな時間だ。でかけなければ。くれぐれも、卵《たまご》はいつも羽根《はね》でつつんだ状態《じょうたい》でおくように。日に二回、むきを変《か》えるのもわすれずに。それと時間があれば、さいきん、魔法動物《まほうどうぶつ》をひきわたした里親たちに電話をかけてみてくれ。動物たちが問題《もんだい》なく暮《く》らしているか、確認《かくにん》しなければならんのでね。なーに、わしはすぐにもどるよ」

そしてスーツケースを手に取《と》ると、玄関《げんかん》にむかいました。

「あ、これ、わすれてます」

クローバーがトーストをさしだすと、ジャムズさんはにっこりわらって受《う》け取《と》りました。

「まったく、きみなしではだめだな。ほんとうに、すばらしいスタッフだ」

クローバーは、ぽっとほおをそめました。

道を歩いていくジャムズさんの背中《せなか》が小さくなり、やがて森の中へ見えなくなってしまうまで、クローバーは玄関《げんかん》のドアをあけたまま見送《みおく》っていました。

ふとポケットに手をいれ、お守《まも》りの叉骨《さこつ》にふれようとしましたが、そういえば魔法動物紹介所《まほうどうぶつしょうかいじょ》とであった日にすててしまったのでした。たよれるお守りはありません。運《うん》を味方《みかた》につけるしかなさそうです。

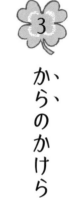

3 から、からのかけら

　クローバーは卵《たまご》のことが気になって気になって、仕事《しごと》で気をまぎらわすことにしました。さいわい魔法動物紹介所《まほうどうぶつしょうかいじょ》には、仕事が山ほどあります。
　まずは卵のようすを見にいきました。しかしやっぱり、卵からはなにも音がきこえてきません。中で赤ちゃんがうごいているようすもなく、斑点《はんてん》の色も変《へん》化《か》はありません。しんぱいでたまりませんが、注意《ちゅうい》ぶかく卵のむきを変《か》えると、そのままほうっておくことにしました。専門家《せんもんか》ではないのですから、どうしようもありません。
　それに、動物たちにえさをあげなければならない時間です。それはもう、お手のもの。ユニコーンの好《す》きなリンゴのスライスとオート麦のマッシュを用意《ようい》し、火トカゲには激辛《げきから》コショウをあげました。それから妖精馬《ようせいば》に角砂糖《かくざとう》を、魔法《まほう》ネコのラッキーにはあたためた牛乳《ぎゅうにゅう》にスパイスをまぜたムーンミルクをあげました。

えさやりが終《お》わると、すこしまえまでドラゴンのハナアラシがいた古びた部屋《へや》に、しぜんと足がむきました。しょっちゅう火をふいてしまうハナアラシにえさをやるのはたいへんでしたが、いなくなるとさびしいものです。ジャムズさんは、

「しずかな日々を楽しむのも一興《いっきょう》だ」

といっていましたが。おそかれ早かれ、またあたらしい動物《どうぶつ》がやってきて、にぎやかになるでしょう。

午前中は、あたらしいお客《きゃく》がやってきて居間《いま》のベルを鳴らすことはありませんでした。そこで台所《だいどころ》をぴかぴかにみがき、ゆかをきれいにはきました。家で

は家事《かじ》をするのは好《す》きではありませんが、紹介所《しょうかいじょ》ではべつです。なにしろ家とちがって、ここに落《お》ちているのはユニコーンの毛や、お姫《ひめ》さまのドレスについていたスパンコール、魔法《まほう》ネコの緑《みどり》の毛など、すてきなものばかりなのですから。もちろん、ジャムズさんのこぼしたトーストのくずも、ジャムのしみもひとつのこらずそうじしました。

そして本棚《ほんだな》を整理《せいり》し、『ウィッシュブック』のほこりをはらいました。『ウィッシュブック』は大きな金色の本で、魔法動物《どうぶつ》をひきとりたくて紹介所へやってきたものの、ぴったりな動物が見つからなかったお客《きゃく》の希望《きぼう》を記録《きろく》してあります。

すべて終《お》わると、すっかりきれいになった室内を見まわし、にっこりしました。そしてバッグからチーズトマトサンドイッチと絵葉書《えはがき》を取《と》りだし、ひと休みすることにしました。

絵葉書はこの夏休みのあいだ、乗馬《じょうば》キャンプにいっている親友のエマからとどいたものです。受《う》け取《と》ったものの、時間がなくてまだ読んでいませんでした。うらには毛色がまだらなポニーの写真《しゃしん》がのっていて、表《おもて》にはていねいな字で、こう書いてありました。

クローバーへ

へんじ、ありがとう！　グレイシーの絵をかこうと思ったんだけど、むずかしかったから、そっくりなポニーの写真の葉書《はがき》で送《おく》るね。毎日、グレイシーにのって山歩きをしてるよ。乗馬《じょうば》キャンプにきてる子はみんな、わたしとおなじでポニーが好《す》きな子ばっかりなんだ。クローバーもいっしょだったらよかったのになあ。動物《どうぶつ》のお世話《せわ》って、どんなことしてるの？知りたい！

だいだいだいすき　エマより

サンドイッチを食べながら、何度《なんど》も読みかえしました。どう、へんじを書けばいいでしょう？　仕事《しごと》のことは、これ以上《いじょう》くわしく書くわけにはいきません。紹介所《しょうかいじょ》のことは絶対《ぜったい》に秘密《ひみつ》にしておくと、ジャムズさんと約束《やくそく》したのです。このまえの葉書《はがき》に、動物《どうぶつ》の世話《せわ》をはじめたなんて書かなければよかったのです。あのときはうれしくて、そこまで気がまわりませんでした。

お母さんとお父さんには、動物紹介所でボランティアをはじめたとだけつたえていますが、ふたりは村役場《むらやくば》での仕事がいそがしく、それ以上くわしくきいてきません。

でもエマは興味津々《きょうみしんしん》です。なにもかも話してしまいたい気持ちですが、これ以上、なにも明かすことはできません。ジャムズさんのことも卵《たまご》のことも、ラッキーのことさえ。ジャムズさんは、いっていました。多くの人間は魔法界《まほうかい》とのうまいつきあい方がわからず、トラブルを起《お》こすものだと。

でも、エマにつたえられることもあります。自分は不運《ふうん》だと思っていたのは、まちがいだったこと。そして幸運《こううん》になれるかどうかは、自分がどう行動《こうどう》するかにかかっているということ。ただ、どうやってそれを知ったのか、いきさつはかくしておかなければいけません。すべて紹介所《しょうかいじょ》で起《お》こったことなのですから。

へんじはあとで書くことにし、絵葉書《えはがき》をバッグにしまいました。かわりに、読みたかった本を本棚《ほんだな》から取《と》りだしました。タイトルは『バシリスク　ヘビの王』で、ジャムのついた手でさわったような指《ゆび》のあとがたくさんついています。ジャムズさんが何度《なんど》も読んだのでしょう。

ヘビはこわくありませんが、ひとにらみでひとを殺《ころ》す、伝説《でんせつ》のバシリスクとなると、話はべつです。ただ本を読んでみると、生まれたばかりのバシリスクは、生後《せいご》数日はわれた卵《たまご》のからの中で、目を閉《と》じたままねむりつづけるとありました。ひとにらみで殺す力がそなわるのは、生まれて六か月たってからとも書いてあります。しかし生まれるときにはもう、するどい毒牙《どくが》が生《は》えそろっているそうです。

「ラッキーの歯《は》には毒《どく》がなくてよかった」

クローバーはラッキーをひざにのせてなでると、はっとしました。

「あれ？　これどうしたの？」

ラッキーの毛に点々とストロベリージャムがついています。クローバーは、ため息《いき》をつきました。

「ジャムズさん、ラッキーのからだにまでジャムをこぼしてたなんて」

ラッキーは緑色《みどりいろ》のつぶらな瞳《ひとみ》で、クローバーを見あげました。

「からだをあらわなくちゃね」

本をわきに置《お》きました。きょうはまだ、どの動物《どうぶつ》もからだをあらっていません。ただ、さっき妖精馬《ようせいば》だけは洗《あら》い場《ば》につれていき、歯ブラシで毛並《けな》みをととのえました。とくにタンジーのたてがみはちぢれているので、つまようじでていねいに、もつれをほどきました。

ラッキーをうでにかかえ、台所《だいどころ》のとなりの洗い場へむかいました。さまざまな大きさの浴《よく》そうが天井《てんじょう》からつりさげられていて、風変《ふうが》わりなインテリアのようです。かべにはブラシがたくさんかけられていて、四角いものや丸いもの、クローバーの頭ほどの大きさのものなど、さまざまです。

流《なが》しには石けんがならんでいて、それぞれラベルがあります。スライスしたトマトのような形で、表面《ひょうめん》がうろこ状《じょう》の石けんはドラゴン用です。キラキラした雪の結晶《けっしょう》のような石けんは、ユニコーンの角用。あわのような石けんはヒッポグリフ用。それから、ぼんやりとかすかにしか見えない石けんもあり、ラベルに妖精《ようせい》ネズミ用とあります。

ラッキーはうでの中でミャーオと鳴きながら、うらめしそうにクローバーを見つめています。からだをあらうのがいやなのです。

「すぐに終《お》わるから」

流しにすこしお湯《ゆ》をため、「肉球《にくきゅう》すっきりシャンプー」と書いてあるボトルから一滴《てき》たらしました。じたばたといやがって、なかなか足をお湯につけようとしないラッキーを、なんとかお湯《ゆ》の中におろしました。ラッキーはミャオミャオとわめき、流《なが》しからとびだそうとしています。

「あばれないで。きれいにしてあげるから」

そして耳のうしろについたジャムをあらいながそうとしたとき、ユニコーンの鳴き声がするのに気づきました。一頭ではなく、いっせいに鳴いていいます。思わず手をゆるめたひょうしに、ラッキーは流しからとびだし、洗《あら》い場《ば》のそとへかけていきました。あわててあとを追《お》い、ろうかを走って小屋《こや》へとびこみました。ユニコーンたちはなにかにおびえるように目を見ひらき、興奮《こうふん》して角を高くつきあげています。

「シーッ！」

クローバーはドキドキしながら、ユニコーンをなだめようとしました。いっ

たい、なににおびえているのでしょう？　そのとき、ふわふわの羽根《はね》が雪のように小屋《こや》じゅうを舞《ま》っているのに気づきました。羽根といえば……。

（卵《たまご》！）

あわてて卵のある馬房《ばぼう》にかけよると、卵を取《と》りかこむようにあつめてあったはずの羽根がちっています。それに卵もありません！　いえ……よく見まわしてみると、馬房のすみのかべぎわに、羽根におおわれた卵が見えました。中で赤ちゃんがうごきまわって、卵がそこまでころがっていったのでしょう。

クローバーは胸《むね》をなでおろして、とびらをあけ、羽根をかきわけて卵に近づきました。ところが……卵はわれています！　白と黄色だった斑点《はんてん》は色が変《か》わり、中はからっぽです！　卵がかえる時期《じき》が近づくと斑点の色が変わり、中で赤ちゃんがうごきまわるとはきいていましたが、こんなにみじかい時間に起《お》こるものだとは思いもしませんでした。

クローバーは、からのかけらをひろいました。内がわは粘液《ねんえき》でべたべたして

います。卵《たまご》からかえったのはまちがいありませんが、赤ちゃんが見あたりません。こんなときにジャムズさんがいないなんて！

（でも、バシリスクじゃないことだけは、たしかね。もしそうなら、からの中でねむっているはずだから）

すこしほっとして、よく見てみようと、さらに一歩近づきました。そのとき、羽根《はね》にうもれたなにかをふんでしまい、そのなにかが、さっと足の下をすりぬけていったような感《かん》触《しょく》がありました。それに物音《ものおと》もきこえた気がします。しかし羽根をかきわけても、でてきたのは毛布《もうふ》とわれたからだけでした。

クローバーは、ごくりとつばをのみました。なんの魔法動物《まほうどうぶつ》の赤ちゃんだったのでしょう？　どこへいってしまったのでしょう？　ひょっとして、クローバーがいま、かけらをひろって見ていたあいだに、あいたとびらからこっそりぬけだしていったのでしょうか？　そうだとしても、まだ遠くへはいっていないはずです。

心臓《しんぞう》がバクバクと脈打《みゃくう》ちます。クローバーは馬房《ばぼう》からとびだし、小屋《こや》じゅうをくまなくさがしまわりました。

「赤ちゃん、どこ？」

できるだけ落《お》ちついた、やさしい声でよびかけます。

「こわがらなくていいのよ、でておいで」

しかしどこにも見あたりません。紹介所《しょうかいじょ》じゅうをさがし、家具《かぐ》の上も下もくまなくしらべました。念《ねん》のため戸棚《とだな》のとびらもあけてみました。とびらの閉《と》じた戸棚にはいることなどできそうもありませんが、どんな動物なのかわからないのですから、思いがけない能力《のうりょく》があるかもしれません。ラッキーは火トカゲのふく火であたたまったケースの上に寝《ね》そべり、からだをかわかしています。

「ラッキー、赤ちゃんを見なかった？」

しかしラッキーは、からだをあらわれたことを根《ね》に持っているようで、そっぽをむいて前足をなめています。

赤ちゃんがそとにでないように窓《まど》を閉《し》めてまわり、さいごに台所《だいどころ》の窓を閉めようとしたとき、とつぜん、ゆかがガタガタとゆれはじめました。そして、ドン！　という音とともに、ひときわ大きくゆれました。クローバーは息《いき》をのみ、かべにからだをぴったりとつけました。地震《じしん》でしょうか？

ドン！　ドン！　ドン！

いいえ、ちがいます。ノックする音です。だれかが屋根《やね》をノックしているのです。大きな大きな、だれかが。

4 巨人《きょじん》の望《のぞ》み

ドン！　ドン！　ドン！

音がするたびに建物《たてもの》が大きくゆれます。やがて、屋根《やね》の上から声がきこえてきました。

「きょうは、やっていないのかしら？」

「そんなはずないさ、いとしいバスタブちゃん。玄関《げんかん》に札《ふだ》がかかっているじゃないか。ええと……ほら、『ご自由《じゆう》におはいりください』って書いてある」

「じゃあ、もっと強くノックしてみましょう」

クローバーはあわてて玄関へ走りました。もっと強くノックされれば、建物がこわれてしまうかもしれません。それに赤ちゃんも死《し》ぬほどこわがるでしょう。

玄関《げんかん》のドアをバタンとあけると、目のまえには見たこともないほど大きく、きれいにマニキュアがほどこされた足のつめがならんでいました。あっけにとられ、高く高く見あげると……。

はるか上で、ふたりの巨人《きょじん》の顔がクローバーを見おろしていました。

これまで読んだ本には、巨人というものはにおいがきつく、毛むくじゃらで歯《は》は黄色く、つめはひびわれていると書かれていました。よごれた服《ふく》を着《き》て、「食っちまうぞ！　食っちまうぞ！」と大声でがなり立てるものだと。

でも目のまえの巨人は大きな二本のヤシの木のようで、全然《ぜんぜん》こわくありません。そう感《かん》じるのは、ふたりの服装《ふくそう》のおかげかもしれません。

女の巨人は花がらのふんわりしたそでなしのワンピースすがたで、山のようにがっしりとした肩《かた》に、肩ひもがぴっちりと食いこんでいます。ビーチパラソ

ルのように大きな麦わら帽子《ぼうし》を、手でととのえているところです。男の巨人《きょじん》は特大《とくだい》サイズのアロハシャツに半ズボン、サンダルすがたで、サングラスをかけています。腰《こし》には浴《よく》そうほどの大きさのウエストポーチをさげています。

かっこうだけ見ると、森にまよいこんできた村人のようですが、背《せ》たけは紹介所《しょうかいじょ》の屋根《やね》よりも高く、六メートルはありそうです。ひざも、クローバーの頭より高いところにあります。

「日焼《ひや》け止《ど》めを持ってくればよかったわね、ハンフリー。肩《かた》がひりひりするわ」

空から大声がふってくるようです。

「そんなに気にしなくてもだいじょうぶだよ、かわいいピーチの大木ちゃん。長居《ながい》はしないからさ。ところでおじょうさん、ジャムズさんはいらっしゃいますか？」

クローバーは深呼吸《しんこきゅう》をしてそとにふみだすと、うしろ手でしっかりドアを閉《し》め、声をはりあげました。

「ジャムズさんはでかけていますので、わたしがご用件《ようけん》をうかがいます」

すると男の巨人《きょじん》は、サングラスをはずしてポケットにしまい、クローバーを見おろしました。

「そうですか。わたしはハンフリー、こちらは妻《つま》のプルーデンスです。あなたは？」

「クローバーです。ここではたらいています」

プルーデンスさんはフンッと鼻《はな》を鳴らすと、ハンフリーさんに耳打《みみう》ちしました。

「この子、すごく小さいし、魔法界《まほうかい》の住人《じゅうにん》じゃないと思うわ。魔女でもお姫《ひめ》さまでもないし、人間の子どもなんじゃないかしら。ジャムズさん、どうして人間なんかやとったのかしら。まえはジャムズさんのいないときには、いとこが留守《るす》をあずかっていたわよね？　魔法界の住人だし、魔法動物《どうぶつ》を手なずける魔法もマスターしていて、仕事《しごと》もうまくこなしていたんだから、あのいとこにまたあずければよかったのに」

「どうしてだろうね？　かしこいクジラちゃん」

ささやき声も大きいので丸ぎこえです。クローバーもふしぎに思いました。人間のクローバーより、森や、かなたの魔法界《まほうかい》の住人《じゅうにん》のほうが、この仕事《しごと》にはぴったりなのではないでしょうか？　クローバーには魔法動物《どうぶつ》を手なずける、とくべつな力はありません。もし魔力を持っていれば、卵《たまご》がかえったときも気づけたでしょう。

プルーデンスさんはハンフリーさんにささやきました。

「ほかをあたりましょうよ」

「でもさ、三段《だん》ケーキちゃん。せっかくきたんだよ？　見るだけ見せてもらおうよ」

クローバーは気持ちをふるい立たせ、声をはりあげました。

「ジャムズさんは、わたしに留守《るす》をまかせてくれたんです。どんな動物がご希《き》望《ぼう》ですか？」

ハンフリーさんは、せきばらいをしていいました。

「飼《か》っているガチョウが金の卵《たまご》をうんだのですが、どろぼうたちが始終《しじゅう》、すきを見てぬすもうとしてくるので、こまっているんです。わたしたち巨人《きょじん》はおっとりしているものですから、守《まも》りきることができなそうで。それで卵を守ってくれる魔法動物《まほうどうぶつ》が、なんとしても必要《ひつよう》なんです。ただ、あらっぽい動物はこまります。このまえは姉《あね》が飼っているグリフォンに番をしてもらったのですが、たいへんなことになってしまいまして」

そして、プルーデンスさんのうでと自分の太ももにはられた、バスタオルほどの大きさのばんそうこうを指《ゆび》さしました。

魔法動物の中には凶暴《きょうぼう》なものもいると、ジャムズさんもいっていました。きょう、卵からかえった赤ちゃんも、どんな動物だかわかりません。クローバーは赤ちゃんがそとにでないよう、玄関《げんかん》ドアをしっかり閉《し》めたか、もういちど確認《かくにん》しました。

するとプルーデンスさんがせきばらいをしたので、クローバーはあわててむきなおりました。プルーデンスさんはいいました。

「見てのとおり、わたしは子ネコみたいにおだやかで気立てがいいので……そうよね、ハンフリー？」

「そのとおりだよ、むじゃきな子ヒツジちゃん」

「ですから、ドラゴンはこまります。火をふくらしいですから。わたしは肌《はだ》がよわくて、火には近よれなくて。火に縁《えん》のあるフェニックスもだめです」

それをきいて、クローバーはこたえました。

「いまはドラゴンもフェニックスも、ここにはいません」

するとハンフリーさんがいいました。

「動物《どうぶつ》たちを見せていただいてもいいですか？」

「はい……でもお客《きゃく》さまがこの小さな建物《たてもの》にはいるのはむずかしいので、中を見ていただけるように小屋《こや》のうら口をあけますね」

「ありがとうございます。よかったね、特大《とくだい》マフィンちゃん」

しかしそこでクローバーは、まだ見つかっていない赤ちゃんのことを思いだしました。

「あっ……すみません、うら口はあけられないんです。うっかりわすれていました。あの、ガチョウが金の卵《たまご》をうんだんですよね？　卵がかえれば、金のガチョウの赤ちゃんがでてくるんですか？」

するとプルーデンスさんは、フンッと鼻《はな》を鳴らしていいました。

「あなた、知らないの？　金の卵のことは、魔法界《まほうかい》の住人《じゅうにん》なら、だれでも知っているのに」

「そうなんですね、でもわたしは人間なので……」

プルーデンスさんは、また鼻を鳴らしました。

「金の卵から金のガチョウが生まれることはないわ。中には金の液体《えきたい》がはいっているの。それにしても、どうしてそんなことを知りたいの？」

プルーデンスさんはクローバーを、うたがわしげに見つめました。

「それは、その……どんな赤ちゃんが生まれるかわかれば、どんな魔法動物《まほうどうぶつ》が見守《みまも》り役《やく》にぴったりか、わかるかと思ったんです。ユニコーンなら、ここにつれてきてお見せすることもできますけど……」

するとハンフリーさんがいいました。

「それはいいですね」

「ただ、ユニコーンはあまりふさわしくない感《かん》じがします。見守り役をするような動物ではないので」

クローバーの言葉《ことば》をきき、プルーデンスさんは不満《ふまん》げにいいました。

「ほらね！　わざわざこんなところまできて、むだ足だったわ。ただ日焼《ひや》けしにきたようなものじゃない。かわいそうに、ガチョウはいまひとりぼっちで、うんだばかりの卵《たまご》を守っているのよ。こうしているあいだにも、どこかのごろつきがマメの木をのぼって、卵《たまご》をぬすみにくるかもしれないわ！」

クローバーは、すかさずいいました。

「ご希望《きぼう》は『ウィッシュブック』に記録《きろく》しておきます。もしぴったりの魔法動《まほうどう》物《ぶつ》がやってきたら、お電話しますね」

ハンフリーさんは、プルーデンスさんに満面《まんめん》の笑《え》みをむけました。

「ほーら、パイの特大《とくだい》パックちゃん。やっぱりきてよかっただろう？」

「『ウィッシュブック』を持ってきますので、ちょっとおまちください」

クローバーはそういって中にはいると、しっかりドアを閉《し》め、スタンドから『ウィッシュブック』をおろしました。紹介所《しょうかいじょ》の中はしんとしていて、にげた赤ちゃんの気配《けはい》はありません。ラッキーのすがたもありません。きっとまだ、火トカゲの水そうの上でからだをかわかしているのでしょう。

クローバーは『ウィッシュブック』を胸《むね》にかかえて玄関《げんかん》へむかいましたが、えんぴつをわすれていたのに気づき、つくえの上から一本取《と》って、そとにでました。

プルーデンスさんはイライラして足をふみ鳴らしています。地面《じめん》がぐらぐらとゆれ、クローバーがえんぴつを持つ手もゆれます。「ハンフリー」と書こうとしましたが、「ヘンフリー」となってしまい、プルーデンスさんはいっそうイライラして、足ぶみがはげしくなりました。ゆれも大きくなってえんぴつを落《お》としてしまい、ひろいあげて書きましたが、今度《こんど》は「ヘレフリー」となってしまいました。

「もう、ちがうでしょ！」

プルーデンスさんのイライラが爆発《ばくはつ》し、ドン！　とひときわ強く地面《じめん》をふみ鳴らしたので、本もえんぴつも、クローバーの手からとんで落ちてしまいました。

これにはクローバーも、がまんがなりませんでした。怒《いか》りでくちびるが、ふるふるとふるえます。それを見たハンフリーさんは、クローバーとプルーデンスさんのどちらをなだめようとしたのか、こういいました。

「まあまあ。こんなこともあろうかと、とくべつなペンを持ってきたんだ」

そしてウエストポーチのチャックをあけ、巨大《きょだい》な虫メガネをふたつくっつけたかのような、ぶあつい メガネを取《と》りだしてかけ、うんと長くて細いペンもだしました。そして『ウィッシュブック』を指先《ゆびさき》でひょいっと地面《じめん》からつまみあげました。ハンフリーさんが持つと、大きな『ウィッシュブック』もまるで切手のように小さく見えます。ハンフリーさんは記入しはじめました。

書き終《お》わると、クローバーに『ウィッシュブック』をかえしました。文字はゆがんでいますが読みやすく、金色にかがやいています。

ハンフリー&プルーデンス・マメママメ
マメの木通り五十四番地　てっぺんの城《しろ》
電話番号《ばんごう》　999-999-TAMAGO《タマゴ》
巨人のようにおだやかで、見守《みまも》り役《やく》をつとめられる動物《どうぶつ》を希望《きぼう》。

「ありがとうございます」

ハンフリーさんは、にっこりしました。

「じつはこれ、わたしが発明《はつめい》したんです。文字を小さく書ける、とくべつなペンで、インクは金の卵《たまご》の黄身《きみ》なんですよ」

そこへプルーデンスさんが、わってはいりました。

「ハンフリー、おしゃべりをしている場合《ばあい》じゃないわ。もう、でかけてずいぶんたつのよ。見守《みまも》り役《やく》の動物《どうぶつ》が見つからないなら、B案《ビーあん》を実行《じっこう》するしかないわ」

クローバーはたずねました。

「B案って?」

「わなよ。どろぼうをつかまえるために、おだやかなわなをしかけるの」

「そうですか。もしご希望《きぼう》どおりの魔法《まほう》動物がやってきたときには、かならずお電話しますね」

その言葉《ことば》に満足《まんぞく》したようで、夫婦《ふうふ》は親指《おやゆび》とひとさし指のさきで、クローバーの手をそっとはさんであく手しました。そして、くるりと背《せ》をむけて一歩で門とこびとをまたぎ、もう敷地《しきち》のそとにでていきました。森へと消《き》えていくうしろすがたから、大きな声が地ひびきのようにクローバーの耳にとどきます。

「魔法《まほう》もつかえない、あんなに小さな人間が動物《どうぶつ》の世話《せわ》をしているなんて。あの子こそ、だれかが世話してやらなくちゃならないんじゃない？」

「そうだね、びんいりゼリービーンズちゃん。でもミルドレッドおばさんがいっていたじゃないか。人間だって……」

そのさきが気になりますが、もうきこえませんでした。

クローバーはふと、さっききいたB案《ビーあん》を思いだし、ひらめきました。

（そうだ。にげた赤ちゃんをつかまえる、おだやかなわなをしかけよう！）

5 ココの病気《びょうき》

アイデアがひらめいたものの、すぐに実行《じっこう》できたわけではありません。さきに動物《どうぶつ》たちに、夕ごはんをあげてまわらなければいけなかったからです。それが終《お》わると念《ねん》のためもういちど、赤ちゃんをさがし、やはりいないのを確認《かくにん》してから、わなに取《と》りかかりました。

まずはボウルに粉《こな》ミルクをいれ、水でとかしました。粉がところどころかたまってしまい、スプーンのうらでつぶすのがたいへんでした。ラッキーがやってきてクローバーの肩《かた》ごしに興味《きょうみ》ぶかそうに見つめていますが、なめようとはしません。

（ジャムズさんがいっていたとおり、おいしくないんだろうな。それも、よっぽど。ラッキーさえなめようとしないくらいなんだから。赤ちゃんが味《あじ》にうるさくないといいんだけど）

そして、こぼさないようにボウルをしんちょうに卵《たまご》のある馬房《ばぼう》にはこびました。赤ちゃんはいずれ、おなかをすかせて馬房にもどってくるでしょう。クローバーはもう帰らなければいけない時間ですが、あすの朝までには、赤ちゃんはきっとわなにかかるはずです。クローバーはしきつめられた羽根《はね》をよけて、魔《ま》法動物《ほうどうぶつ》のえさのスターサーモンがはいっていたらしい古びた木箱《きばこ》につっかえ棒《ぼう》をし、その下にボウルを置《お》きました。わなの完成《かんせい》です。

それから、ラッキーを小さな動物の部屋《へや》に閉《と》じこめました。不満《ふまん》そうにミャーと鳴くラッキーに、クローバーはいいました。

「あの卵、大きいでしょう？　てことは、赤ちゃんも大きな動物なのかもしれない。ここにいたほうが安全《あんぜん》だよ」

そしてもういちど、あちこちの明かりをつけてまわりました。暗《くら》いと赤ちゃんがこわがるかもしれないからです。玄関《げんかん》のカギを閉《し》めてからも、赤ちゃんのことが気になって、なかなか家への一歩がふみだせません。そのとき、こびとがせきばらいする音がきこえました。夜が近づき、目をさましたのでしょう。

クローバーはこびとにかけより、小声でいいました。

「卵《たまご》がかえったんです。でも、赤ちゃんが見つからなくて」

こびとの口ひげのさきが、くいっとあがりました。

「紹介所《しょうかいじょ》の建物《たてもの》からはでていません。たぶん、ですけど……。窓《まど》もぜんぶ閉めて、玄関やうら口のカギも閉めたので、そとにはでられないはずです。なんの動物《どうぶつ》なのかわからないんですけど、もし、ここでひきとった覚《おぼ》えのない動物がそとにでていくのを見かけたら、それがその赤ちゃんだと思うので、見張《みは》っていてもらえますか？」

口ひげのさきが、またくいっとあがりました。わかったということでしょう。

クローバーは、にっこりしていいました。

「ありがとうございます」

家に帰りつくころには、すっかり暗《くら》くなっていましたが、お母さんたちがまだ仕事《しごと》から帰っていなかったので、ほっとしました。

冷蔵庫《れいぞうこ》に、夕飯《ゆうはん》にとクローバーの好《す》きなマカロニチーズを用意《ようい》してくれていました。二回おかわりして食べ終《お》わると、服《ふく》も着《き》がえないままベッドにドサッとたおれこみ、ぐっすりねむりました。夢《ゆめ》にでてきたのは、空にうかんでぐらぐらゆれる、いまにもかえりそうな卵《たまご》でした。

目をさましたクローバーをまっていたのも、卵でした。お母さんが朝ごはんに、ゆで卵とトーストを用意していたのです。それを見て、また赤ちゃんを思いました。

「帰ってきてから食べるね。すぐに見にいかなくちゃいけないものがあって」

いそいででかけようとするクローバーに、お母さんはいいました。

「じゃあ、つつんであげるから、持っていったら？」

「ううん、だいじょうぶ。紹介所《しょうかいじょ》には食べるものがいっぱいあるから」

すると朝ごはんを食べていたお父さんが、顔をあげていいました。

「あ、そうそう、きょうもお父さんたちは帰りがおそくなるんだ。なにかあったら、いつでも電話するんだよ」

「わかった」

そうこたえましたが、紹介所でなにかあっても電話などできません。なにもかも秘密《ひみつ》なのですから。でも、お父さんたちはそんなことを知るよしもありません。クローバーはふたりにキスをすると、玄関《げんかん》へむかいました。


紹介所にたどりつくころには、日ざしがまぶしく照《て》りつけていました。また、てんやわんやな一日のはじまりです。

(ドラゴンが火をふいたみたいに、あついなあ)

クローバーはひたいの汗《あせ》をぬぐいました。こびともあついのか、口ひげがだらりとさがっています。

「赤ちゃんのすがた、見ました?」

たずねると、こびとはまばたきをしました。

「見てないってことですね。ここ、あついですから、日かげにいったほうがいいと思います。いまならうごいて、だいじょうぶですよ、わたしがきましたから」

しかしこびとは、じっとしたままです。クローバーは、こびとのとんがり帽《ぼう》をぽんとたたきました。

「帽子のおかげで、頭だけは日焼《ひや》けしませんね」

こびとは、まばたきしました。

「あなたがなにを考えているか、もっとわかりやすいといいんですけど。でも、わたしのいっていることはわかってもらえてるんですよね？」

今度《こんど》はまばたきをしません。目を閉《と》じています。寝《ね》てしまったのです。

クローバーは紹介所《しょうかいじょ》の中にはいると、ソファーにバッグをぽんとほうり投《な》げ、わながどうなっているかを見に、小屋《こや》へとかけていきました。小屋の入り口にあるドアの窓《まど》からのぞくと、つっかえ棒《ぼう》がはずれて木箱《きばこ》が落《お》ちているのが見えました。

わなは成功《せいこう》したのです！

高鳴る胸《むね》をおさえ、小屋に足をふみいれると、いつもオート麦をいれているからっぽのかごを馬具置《ばぐお》き場《ば》から取《と》りだしました。赤ちゃんをかごにいれるためです。そしてそろりそろりと木箱に近づき、ひざまずくと、火トカゲのようにゆっくりとしたうごきで木箱を持ちあげました。赤ちゃんのすがたが、ついに……。

と、思いきや……なにもいません。

木箱《きばこ》の下には、からっぽのボウルがあるだけです。

思わず手の力がぬけ、木箱とかごが地面《じめん》にトンッと落《お》ちました。がっかりしてぼんやりとし、ひざまずいたままのクローバーの耳には、自分の呼吸《こきゅう》の音しかきこえません。

そのとき……なにかが鼻《はな》をくんくんさせる音が、すぐそばできこえました。クローバーは息《いき》を止めて耳をそばだてました。しかし、もうきこえません。

きっと、すぐそばに赤ちゃんがいるのです！

クローバーは元気を取《と》りもどしました。いちどわなをしかけただけで、成功《せいこう》すると思うほうがおかしかったのです。すくなくとも、赤ちゃんが近くにい

ないはずです。ることはわかりました。ボウルがからっぽだということは、おなかはすいてい

(このわなでは、うまくいかないみたい。ほかの方法《ほうほう》を考えよう)

大きな動物《どうぶつ》ではなさそうなので、ラッキーを小さな動物の部屋《へや》からだしました。そして紹介所《しょうかいじょ》の中をあちこち確認《かくにん》してまわりながら、考えをめぐらしました。赤ちゃんの気配《けはい》はありませんが、ユニコーンたちはおびえているようで、警戒《けいかい》するように耳を寝《ね》かせ、しっぽをふっています。

(赤ちゃんを見たのかもしれない)

そこで、なだめるためにユニコーンの朝ごはんにはいつものマッシュだけでなく、おやつ用のテンサイのビスケットもあげて、なだめることにしました。テンサイにアレルギーのあるココには、ニンジンをあげました。

不公平《ふこうへい》になるといけないと思い、ほかの動物たちにも朝ごはんのほかに、おやつをあげました。妖精馬《ようせいば》にはアップルソースをすこしあげると、すぐにむら

がってなめはじめました。火トカゲにはコショウを棒《ぼう》のようにかためたおやつをあげると、丸太の下から頭をだし、においをかぎにきました。ラッキーにはスターサーモンの缶《かん》をあけました。すると大よろこびで、まるできのう、からだをあらわれたことも、小さな動物《どうぶつ》の部屋《へや》に閉《と》じこめられたこともゆるしてあげるとでもいうかのように、ゴロゴロとのどを鳴らしてクローバーの足にからだをすりよせてきました。

それから、赤ちゃんがまたおなかがすいたときのためにと、馬房《ばぼう》に置《お》いたままのボウルにミルクをいれました。自分もおなかがすいてきたな、と思ったそのとき……。

クチュン！

ココのいるほうから、大きなくしゃみの音がきこえました。

ココはいちばんおさないユニコーンです。ほとんどのユニコーンは毛がまっ白ですが、ココのたてがみとしっぽはココナッツの実《み》のように明るい茶色です。

それにちなんで名前をつけられたそうです。角はくすんだシナモン色です。クローバーはココをとてもきれいだと思っていますが、去年《きょねん》の夏に紹介所《しょうかいじょ》にココをひきとってもらったお姫《ひめ》さまは、そうは思わなかったようです。かわりに、銀色《ぎんいろ》か金色のユニコーンの里親になりたいといったそうですが、ジャムズさんはことわりました。クローバーにその話をしたとき、ジャムズさんはいいました。

「まったく、お姫さま方ときたら、ユニコーンのからだがどれだけかがやいているかといったことにしか興味《きょうみ》がないときている」

かがやくといえば、ココをよく見ると鼻《はな》が赤くなっていて、鼻水をたらしています。しかも、鼻水がキラキラかがやいています！　いつもは生き生きとしている目も、赤くうるんでいます。ココがクッキーを食べないよう、きょうも気をつけていたので、アレルギーのはずはありません。風邪《かぜ》でしょうか？　呼《こ》吸《きゅう》の状態《じょうたい》をたしかめましたが、ゼイゼイいう音もしませんし、せきもしていません。

ココは鼻《はな》をすすり、悲《かな》しげにクローバーを見つめました。

「ちょっとまってて。なんとかするから」

そして、ジャムズさんがメモしておいてくれた魔法動物《まほうどうぶつ》の獣医《じゅうい》の電話番号《ばんごう》にかけてみました。しかしきこえてきたのは、ぶっきらぼうな留守番《るすばん》電話のメッセージでした。

「こちら、獣医ネッティ・ナーチ。ただいま訪問診療中《ほうもんしんりょうちゅう》か、魔法動物にふまれて死《し》んだか、どちらかね。ご用の方は、ブザーのあとに名前と電話番号をどうぞ。生きていたら、おりかえし電話するわ」

どんなメッセージを録音《ろくおん》しておけばいいでしょう？　ブザー音のあとに、つっかえつっかえ、かんたんなメッセージをのこして電話を切りました。

(ナーチさん、魔法動物にふまれてなければいいな)

そして台所《だいどころ》へいき、薬棚《くすりだな》をあけました。薬棚の「ユニコーン&ペガサス」とラベルのある棚《たな》には「つばさの成長促進剤《せいちょうそくしんざい》」「角の補強用錠剤《ほきょうようじょうざい》」と書かれたびんがあります。風邪薬《かぜぐすり》は見あたりません。

とりあえずタオルを取《と》って小屋《こや》にもどり、ココの鼻水《はなみず》をふきました。しかし鼻水はどんどんでてくるので、追《お》いつきません。ゆかにこぼれ、ダイヤモンドのようにかがやく鼻水の水たまりができています。クローバーの服《ふく》にも、あちこちについてしまいました。

タオルでふけるだけふくと、もういちどナーチさんに電話してみようと、居《い》間《ま》にむかいました。ところが居間にたどりつくまえに、どうやらお客《きゃく》がきているようだと気づきました。紹介所《しょうかいじょ》にはないはずのストロベリーカップケーキの香《かお》りが、ろうかにまでただよってきたからです。おなかがグーッと鳴りました。

しかし居間にはいると、ただよっているのは香りだけではありませんでした。お客も居間のまん中の宙《ちゅう》を、ただよっていたのです。そのお客は、木こりでも魔法使《まほうつか》いでも巨人《きょじん》でもありません。

赤い幽霊《ゆうれい》です！
赤い……というのは、からだの半分ほどをおおう、大きな赤いエプロンをつけているからでした。太い腰《こし》に、エプロンの腰ひもをまわしてむすんでいます。ほっぺたはまんまるで、白く長いひげは、たれたクリームのように、ゆらゆらとエプロンのポケットまでとどいています。ポケットからはスプーンやへらがつきだしていて、からだはかすかにすけています。うでにはか

ごをさげています。

（幽霊《ゆうれい》って、からだがすけてるのに物《もの》をはこべるの？）

かごの中からはストロベリーだけでなく、バニラやチョコレートのたまらなくおいしそうな香《かお》りもただよってきます。

「ふう――」

幽霊は風音のような声でいいました。

「ターイミングがいいですねー。いま、ちょーどベルを鳴らそうとしていたんですよ。わたしはムッシュ・パフでーす」

「わたしはクローバーです。どんなご用でしょうか？」

「これでーす」

パフさんがかごをあけると、小さくきれいなカップケーキが中からういてでて、宙《ちゅう》をただよいました。パフさんはそっとつかんであつめると、かごにもどして、またふたを閉《し》めました。

「カップケーキ、おいしそうですね。でも、ここは魔法動物紹介所《まほうどうぶつしょうかいじょ》ですけど……」

とまどうクローバーに、パフさんはいいました。

「えー、それできたんです。わたしの新作のカップケーキは、それーはそれはかるくて、トングでつかもうとしても、すりぬけて、ふわふーわとんでいってしまうんです。想像《そうぞう》どおりにおーいしくできたんですが、想像もできないほど、とーっても売れゆきがよくて。きっかけは、月明かりのピクニックでー」

「月明かりのピクニックって、なんですか？」

「おーや、ごぞんじないですか？　夏にはピクニックをよーくやるものですよ。月明かりのピクニックに、まっ昼間のピクニックに。魔法界《まほうかい》では、ですがねー」

「そうなんですね」

「ピクニックにはいつものよーに、カエルの目のパイをつくって持っていくつもりだったんです。ところがカエルの目の在庫《ざいこ》がなくて、かわりにこの、空気よりかるーいカップケーキをつくったんです。それがもー、大好評《だいこうひょう》で！　いまでは、人食《ひとく》い鬼《おに》のお客《きゃく》さまからも注文《ちゅうもん》がくるほどなんですー。ですが、ひとりで配達《はいたつ》するのはたーいへんで。それで手伝《てつだ》ってくれる魔法動物《まほうどうぶつ》が必要《ひつよう》なーんです。ペガサスの里親になりたいのですが、いまはいますかー？　性格《せいかく》もおだやーかで、わたしのように空をとべるときいたものですから」

「いまはいないんです」

「では、とべる動物はなにかいませんかー？」

クローバーは首をよこにふりました。

「いません」

「では、さいきん亡《な》くなった馬はいませんかー？　馬の幽霊《ゆうれい》なら、空をとべるかもしれませんよねー」

「ええと、ここには生きている魔法動物しかいないんです」

パフさんは肩《かた》を落《お》としました。

「そーれはそれは、知らずにおはずかしい。わたしは動物《どうぶつ》を飼《か》ったことがなーいんです。たーったのいちども。いつもお菓子《かし》を焼《や》くのにいーそがしくて。食《た》べ物《もの》のことならよーく知っていますが、動物には明るくなくて。動物を飼いたいなんて、あまーい、生焼《なまや》けの考えでしたね……」

「いえいえ、そんな。動物の幽霊《ゆうれい》がペットになるなんてこと、ありそうにないなと思っただけです。でも、幽霊のお客《きゃく》さまにあうペットはいるかもしれませんよ」

「そーでしょうか……」

そのとき、クチューン！　と大きなくしゃみがきこえました。

「あの、パフさん、ちょっとおまちいただけますか？　ココのようすを見てきます」

するとパフさんはココの名前に興味《きょうみ》を持ったようで、ひゅっといっそう高く舞《ま》いあがってききました。

「ココア？　ココアならよくつかっていまーす。シナモンやバニラもねー」

「ココです。ユニコーンの名前なんです。でも病気《びょうき》なので、うつるといけませんから、ここでまっていていただけますか？」

しかしパフさんはかごをつくえに置《お》くと、クローバーのあとをついてきました。パフさんのとおったあとには、てんてんと小麦粉《こむぎこ》が落《お》ちていきます。あとでそうじしなくてはいけません。

小屋《こや》にはいると、クローバーはココにいいました。

「だいじょうぶ？」

さっきよりも大量《たいりょう》の鼻水《はなみず》が、どんどんながれでています。置いていたタオルをひろいあげると、ずぶぬれになっています。

「パフさん、ちょっとまっていてください。かわいたタオルを持ってきます。ここにいてくださいね」

洗《あら》い場《ば》へかけこんだクローバーは、こおりつきました。そうじ用のバケツがたおれ、そこかしこに、ぞうきんがちらばっています！　かみちぎられてボロボロになっているものもあります。

しかし、かみちぎった犯人《はんにん》のすがたはありません。流《なが》しの中や流し台のうらまでさがしても、動物《どうぶつ》は一ぴきもいません。いったい、どこにいるのでしょう？

鼻《はな》をくんくんさせる音がきこえないかと、身《み》をかがめて耳をそばだてましたが、なにもきこえません。

あきらめて、かわいたタオルを手に小屋《こや》へもどると、パフさんはココの馬房《ばぼう》の中にいました。すける指《ゆび》のあいだについた、ココの鼻水をぬぐっています。

ココはお菓子《かし》をさがしているのか、パフさんのエプロンに鼻をこすりつけています。

クローバーはいいました。

「ココにさわっちゃだめですよ。病気《びょうき》がうつります」

「病気？　いーやいや、ちがいますよ。これはアレルギーの症状《しょうじょう》でーす。キーラキラした鼻水《はなみず》がでるのはアレルギーが原因《げんいん》だということは、魔法界《まほうかい》の住人《じゅうにん》なら、みーんな知っています」

クローバーは知らなかったことがはずかしくなり、ほおを赤くしました。

「そうなんですね、わたしは魔法界の住人じゃないので……。でも、ココのアレルギーの原因なら知っています。テンサイです。今朝も、テンサイのビスケットは絶対《ぜったい》に食べないように注意《ちゅうい》していたんですよ。ほんとうにアレルギーの症状《しょうじょう》なんですか？」

「はーい、まちがいないです。わたし、アレルギーにはくわしーんですよ。うちにくるお客《きゃく》さまの半分は、あーれこれとアレルギーがありまして。こびとのお客さまはニンジンケーキにアレルギーのある方がほとーんどですし、ファウヌス*のお客さまはストロベリーがなーかなか消化《しょうか》できないので、カップケーキには、かわりにブルーベリーをつかうんです。おさない魔女のお客さまで、金《きん》属《ぞく》にアレルギーがあって、部屋《へや》に金属があるだけでくしゃみがでる方もいま

＊ファウヌス　上半身《じょうはんしん》は人間、下半身はヤギのすがたをしている。頭には
ヤギの角が生《は》えている。

すー」

「きょうは、ほかのユニコーンがテンサイのビスケットを食べていたから、ココはそれに反応《はんのう》したんでしょうか？　でも鼻水《はなみず》がではじめたときには、ほかのユニコーンはビスケットを食べ終《お》わって、もう小屋《こや》にはのこっていなかったんです」

「アレルギーは、時間がたってから症状《しょうじょう》がでることもありますからねー」

「症状はよくなっていくんですよね？」

パフさんはうなずきました。

「ええ。しかーし、これからはテンサイのはいったものには近づかないように、気をつけてあげてくださーい。わたしなら、テンサイのかわりにサトウキビとハチミツをつかってビスケットをつくれますよー」

それをきいて、クローバーはいいことを思いつきました。パフさんはアレル

ギーにくわしいので、ココに症状《しょうじょう》がでないよう、しっかり世話《せわ》をしてくれるにちがいありません。それにココもパフさんになついています。

クローバーはいいました。

「ユニコーンはとぶこともうくこともできませんけど、ペガサスとおなじでおだやかです。かるがるとすばやく走れますし、いざというときもたよりになります」

パフさんは、にっこりしました。

「たよりになるのは、いいですねー。それにわたしも、ココを気にいりました。ココ専用《せんよう》の、とーくべつなお菓子《かし》をつくってあげましょー」

クローバーもにっこりしました。クローバーは魔法《まほう》がつかえませんが、魔法動物《どうぶつ》をぴったりな里親にひきあわせるのは、やっぱり得意《とくい》です。

ひきわたし書類《しょるい》への記入が終《お》わると、パフさんは空気よりかるいカップケーキをひとつ、クローバーへと置《お》いていきました。そのままつくえに置くと、ふわふわういてどこかへいってしまうので、ポケットから取《と》りだした大きなナツメキャンディーを上にのせて重《おも》しにしました。そして、もっと食べたくなったときに注文《ちゅうもん》できるようにと、店の連絡先《れんらくさき》を書いたカードもわたしました。

玄関《げんかん》をでて、ゆっくりとんでいくパフさんのうしろを、ココはついていきます。そのあとにのこったのは、通りにてんてんと落《お》ちている小麦粉《こむぎこ》をふんだ、ひづめのあと。そして魔法動物《まほうどうぶつ》を里親にひきわたしたあとにいつも生まれる、さびしい心のもやだけでした。しかしきょうは、さびしさの中に光が見えます。ひづめのあとを見て、いいことを思いついたのです。

6

魔法《まほう》ネコ

家に帰るまえの一時間、クローバーは紹介所《しょうかいじょ》じゅうに星くずをまいてまわりました。紹介所には小麦粉《こむぎこ》はありませんが、ユニコーンの角にぬるための星くずがあります。かがやきをはなつ美《うつく》しい粉《こな》です。まいた星くずの上を赤ちゃんが歩けば、足あとがつくはずです。

(どこにいるか、さがしだすにはいちばんいい方法《ほうほう》だよね!)

物置《ものおき》に、星くずのはいったびんがたくさんあります。つかってもジャムズさんは気にしないでしょう。

しかしびんの栓《せん》はきつく、力いっぱいにひっぱってなんとかあけたひょうし

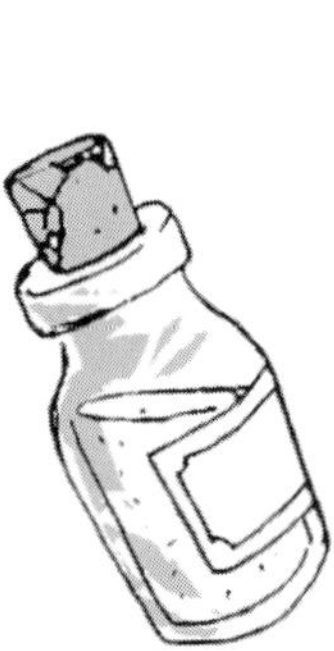

に、星くずがいきおいよくふきだし、髪《かみ》や服《ふく》、耳にまでついてしまいました。洗《あら》い場《ば》の鏡《かがみ》で見てみると、髪もほおもキラキラしていて、全身《ぜんしん》が星のようにかがやいています。きれいでうれしくなりましたが、そのままにしておくわけにはいきません。ブラシでこすりましたが、お風呂《ふろ》にはいらないと落《お》としきれそうにありません。

動物《どうぶつ》たちのようすを確認《かくにん》してまわり、玄関《げんかん》にカギをかけると、近所《きんじょ》のひとたちに見られませんようにと祈《いの》りながら家へといそぎました。家に帰りつくと、とりあえず服はあとであらおうと、ぬいでベッドの下に押《お》しこみました。からだがこんなにキラキラしていたら、まぶしくてねむれません。お母さんたちにも説明《せつめい》のしようがありません。

ほっとしたことに、やっぱりふたりは仕事《しごと》からもどっていませんでした。クローバーは浴《よく》そうにいつもより多めにお湯《ゆ》をいれ、お気にいりのあわぶろの液《えき》をいれました。からだがまだまとっているカップケーキの香《かお》りと、あわぶろの香《かお》りはすこしにています。

あたたかいお湯《ゆ》につかり、石けんでからだをあらいました。魔法《まほう》の星くずがからだから落《お》ちると、きゅうにせつない気持ちになりました。星くずをまとった自分は、まるで魔法界《まほうかい》の住人《じゅうにん》になったかのようにまぶしく思えました。しかしいま、またたいているのは石けんのあわだけです。

(わたしが魔法界の住人だったら、とっくに見つけて、ぶじに赤ちゃんをあたたかい小屋《こや》にもどしてあげられたかもしれない)

魔女なら呪文《じゅもん》をとなえて見つけだすでしょう。お姫《ひめ》さまなら、召《め》し使《つか》いに昼も夜もさがしまわってもらい、見つけだすでしょう。

赤ちゃんがしんぱいです。あんなにしずかな赤ちゃんがいるでしょうか？ドラゴンの赤ちゃんなら、ほえたりうなったりするはずですし、グリフォンの赤ちゃんなら、ワシのひなのようにピーピー鳴くでしょう。でも火トカゲの赤ちゃんはおとなしそうですし、ほかにもしずかな動物《どうぶつ》はいるのかもしれません。

お風呂《ふろ》からあがり、さっぱりしたからだにパジャマを着《き》て、夕飯《ゆうはん》のスパゲッティを食べるまえにパフさんのカップケーキをほおばると、しんぱいな気持ちもふっとやわらぎました。まるで雲を食べているような、ふしぎなおいしさです。お母さんたちの帰りがおそくてよかったと思いました。デザートをごはんのまえに食べるのも、自由《じゆう》なのですから。

つぎの朝、紹介所《しょうかいじょ》へいったクローバーは、なにかおかしいと気がつきました。門のところにいるはずのこびとが、なぜか玄関《げんかん》ドアのわきにいます。ひげがだらりとさがっていて、なんだかうんざりしているようです。そばには配達員《はいたついん》のセドリックさんがいます。

セドリックさんは上半身《じょうはんしん》が人間で下半身が馬のケンタウロスです。青い帽子《ぼうし》をかぶり、手紙のたくさんはいったカバンをいくつも肩《かた》からさげ、背中《せなか》にも手紙のはいった箱《はこ》をのせています。

足もとの段《だん》の上にも箱《はこ》があります。ふたにはいくつも穴《あな》があいていて、箱全《ぜん》体《たい》にテープやひもがいくえにもまいてあります。箱の角が一か所《しょ》、銀色《ぎんいろ》の霜《しも》におおわれていて、べつの角は黒くこげています。

セドリックさんは、箱のよこに立っているこびとに話しかけています。

「みんな、きみみたいだったらいいのにな。お姫《ひめ》さま方ときたら、いつもおしゃべりばかり。注文《ちゅうもん》するのもやっかいなものばかりなんだよ。いちどなんか、注文のあった香水《こうすい》びんをとどけようとカバンにいれていたら、中でわれて、ぼくのしっぽにまで香水がしみこんじゃってさ。それから一週間は、あまいストロベリークリームみたいな香《かお》りをふりまくはめになっちゃった。においがきつくて、たまらなかったよ」

いったい、いつからこびとに話しかけていたのでしょう？　セドリックさんはいつも、話がとっても長いのです。こびとがうんざりしたようすのわけが、わかりました。

セドリックさんはクローバーに気づいて、手をふりました。クローバーはいいました。

「こんにちは。きょうはジャムズさんはいないんです。それ、とどけてくださったんですか?」

そしてこびとのよこの箱《はこ》を指《ゆび》さしました。ところがセドリックさんは箱を見て、首をよこにふりました。

「ううん、ぼくがきたときにはもう置《お》いてあったよ。きょうはあたらしい羽《は》根《ね》をとどけにきたんだ。卵《たまご》の下にしきつめるためのね」

そして荷物《にもつ》の中から、羽根《はね》いりのふくろを取《と》りだしました。

「ありがとうございます」

クローバーはそういって受《う》け取りましたが、卵《たまご》がかえったいま、もう羽根は
いりません。

「トーストでもごちそうになりたいところだけど、きょうは潮《しお》が満《み》ちるまえに、
海の女王のところにいかなくちゃいけないんだ」

セドリックさんはそういって手をふり、ひと声いななくと去《さ》っていきました。

クローバーは箱《はこ》に目をもどし、こびとにききました。

「この箱、だれが持ってきたんでしょう？」

しかしいつもどおり、こびとは無言《むごん》のまま。口ひげもだらりとさがったまま
です。クローバーは箱の角の霜《しも》やこげつきを見て、ききました。

「中になにがはいっているか、わかります？　危険《きけん》なものなんでしょうか？」

すると意外《いがい》にも、こびとは「ミャーオ」とこたえました。しかしそれにつづ

いて、ミャーオという声がいくつもきこえてきたので、こびとではなく箱《はこ》の中から声がするのだと気づきました。クローバーはいくえにもがっちりとむすばれているひもをほどき、なんとかテープをはがして、ふたをあけました。

すると中では、ふわふわの黒い四ひきの動物《どうぶつ》が身《み》をよせあっていました。ピンクの鼻《はな》に細くくるりとまがったしっぽ……。

「子ネコ！　かわいい！」

一ぴきに手をのばすと、オレンジ色の目がとつぜん青く光り、その目からつららのようにつめたい光線がでて、指《ゆび》さきにあた

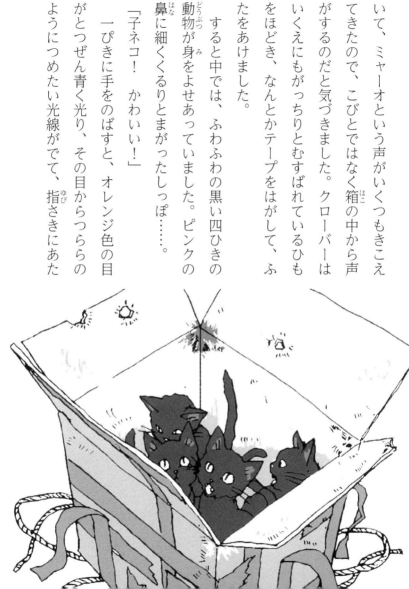

りました。

「いたいっ！」

あわてて手をひっこめると、ネコはまばたきし、瞳《ひとみ》はオレンジ色にもどりました。ところが今度《こんど》は、そのとなりのネコのしっぽのさきから、稲妻《いなずま》のような音を立て、火花がちりました。

さらにべつのネコは、しっぽのさきだけを箱《はこ》のゆかにつけ、からだはういています。まるでアクロバットのようです。もう一ぴきは小さな雷雲《かみなりぐも》のようにふわふわ宙《ちゅう》にうきはじめ、箱からでてしまいそうです。クローバーはそっとネコをおろしてふたを閉《し》めると、あかないように、はがしたテープをもういちどはりました。

どう見ても、ふつうのネコではありません。箱になにか書いていないかと見まわしたとき、下に紙きれがはさみこまれているのに気づき、ひきぬきました。

料金受取人払郵便

小石川局
承認
8588

差出有効期限
2021年1月
31日まで

【切手不要】

郵便はがき

112-8790

127

（受取人）

東京都文京区千石4-6-6

童心社 愛読者係 行

母の
ひろば
doshinsha
haha no hiroba

ご希望の方に「母のひろば」の
見本誌を1部贈呈いたします

「母のひろば」は、読者の皆様と童心社をむすぶ小冊子です。絵本や紙芝居、子育て、子どもをとりまく環境などについて、情報をお届けしています。

見本誌を1部無料で贈呈いたします。右のQRコードからお申し込みください。発送時に振込用紙を同封いたしますので、ひきつづきご購読くださる際はお振り込みください。

発行：月1回●年間購読料：600円（送料込）A4判／8頁

＊こちらのハガキでもお申し込みいただけます。
裏面の必要事項をご記入の上、ご投函ください。

https://www.doshinsha.co.jp/hahanohiroba/form.php

ご感想、ご意見をおよせください

＊ご感想、ご意見は、右のQRコードからもお送りいただけます。
https://www.doshinsha.co.jp/form/goiken.html/

■お読みになった
本のタイトル

＊この本のご感想、ご意見、作者へのメッセージなどを、お聞かせください。

ご記入日　　年　　月　　日

フリガナ お客様の お名前	（男・女） 歳	TEL

ご住所 〒

この本をお買い求めになったのは…… □お子さん・お孫さんへ → □園や学校の子どもたちのため □文庫や読み聞かせ活動のため □ご自身で読むため　□その他（　　）	お子さん・お孫さんのお名前	年　月生（　）歳	年　月生（　）歳
		年　月生（　）歳	年　月生（　）歳

Eメール

小社カタログを…………………□希望する　□希望しない
「母のひろば」の見本誌を………□希望する　□希望しない
小社のメールマガジンを …………□希望する　□希望しない

＊お客様の個人情報は、「母のひろば」（裏面参照）やカタログの発送以外には使用いたしません。

＊およせくださったご感想などは、作者の方もお読みになる場合があります。
また、小社ホームページおよび「母のひろば」、宣伝物等に掲載する場合がございます。

紹介所《しょうかいじょ》の小娘《こむすめ》へ
ネコたちがじゃまになり、魔法《まほう》で消《け》そうとしたが、いまわしい幸運《こううん》の呪《のろ》いのせいで魔法がかけられない。おまえのせいだ。紹介所で責任《せきにん》を持って、ひきとれ。

差出人《さしだしにん》の名前はありませんが、ヨコシマからだとわかりました。わるい魔女だったヨコシマはクローバーに幸運の薬《くすり》をかけられ、よい魔法しかかけられなくなってしまったのです。クローバーはうれしくなり、紙きれをポケットにしまいました。クローバーのしたことが、結果的《けっかてき》にこのネコたちをも救《すく》ったのです。

羽根《はね》のはいったふくろを肩《かた》からさげ、かたほうのうでに箱《はこ》をかかえたまま玄関《げんかん》のカギをあけようと四苦八苦《しくはっく》しながら、クローバーは思いました。
（この子たちを見たら、ラッキーはどう思うだろう？）

ようやくドアをあけると、目のまえに思いがけない光景《こうけい》がひろがっていました。赤ちゃんの足あとがつくようにと星くずをまいておきましたが、足あとはありません。それどころか、星くずも消《き》えています。

ふと見あげると……天井《てんじょう》が星くずでおおわれています！

ドアを閉《し》めると、居間全体《いまぜんたい》がこうこうとかがやきました。天井は星だらけの夜空のようにまたたいています。

星くずがうくとは思いもしませんでした。夜のあいだ、空のほんものの星にひきよせられ、舞《ま》いあがったのでしょうか？　でもそれなら、ジャムズさんがユニコーンの角にぬっても、夜には取《と》れてしまうのではないでしょうか？　あちこちにまくまえに、よくしらべておくべきでした。

そうかんたんには、はらいおとせそうにありません。いすの上に立っても、天井には手がとどきません。小屋《こや》にまいた星くずもおなじことになっているでしょう。小屋の天井はもっと高いのです。いいアイデアだと思ったのに、やっかいなことになってしまいました。

赤ちゃんの歩きまわったあとはないか、居間《いま》を見まわすと、テーブルの上にあったはずの冊子《さっし》がいくつか、ゆかに落《お》ちています。そしてひろおうと近づくと、テーブルの脚《あし》に動物《どうぶつ》がかんだあとがあるのに気づきました。

（赤ちゃん、ここにいたんだ！　星くずがゆかにのこってたら、足あとがついたはず）

落ちこんでいた気持ちがすこし明るくなり、ネコのはいっている箱《はこ》を小さな動物の部屋《へや》にはこびました。火トカゲは寝《ね》ていて、妖精馬《ようせいば》は五頭ともなかよく立ったままねむりこけています。ラッキーはテーブルの下の、おきまりのかごの中でいびきをかいています。ふっと片目《かため》をあけましたが、また閉《と》じてしまいました。

クローバーは羽根《はね》のはいったふくろをおろすと、箱の中のネコたちをいれるのによさそうなケージがないか、さがしました。すると、ちょうどいいケージがありました。ひろびろとしていて、ネコ用のつめとぎ棒《ぼう》やトイレ、それにボウルがふたつあります。クローバーはボウルに水とえさをいれると、ネコを手早く一ぴきずつケージにうつしました。

アクロバットを見せていたネコは手をすりぬけようとし、べつのネコはしっぽから稲妻《いなずま》をだしてクローバーの指《ゆび》をビリリといためつけました。ようやく四ひきともケージにいれて入り口を閉《し》めると、ほっとしました。

魔法動物紹介所《まほうどうぶつしょうかいじょ》ではたらくようになってからこれまで、あたらしい動物をひきとったことはありません。紹介所にいる動物を、里親にひきわたしたことがあるだけです。ジャムズさんが、動物をひきとるときには、病気《びょうき》にかかっていないか診察《しんさつ》してもらわなければいけないといっていたのを思いだし、クローバーはナーチさんに電話をかけてみました。しかしやはり留守番《るすばん》電話のメッセージがながれるだけです。これでは、電話番号《ばんごう》をメモしておいてもらっても、なんの意味《いみ》もありません。

動物《どうぶつ》たちの朝ごはんが終《お》わると、クローバーはネコたちのカードをつくることにしました。紹介所《しょうかいじょ》でひきとった動物には、名前や分類《ぶんるい》、年齢《ねんれい》、ここへきたいきさつを記《しる》したカードをつくるのです。卵《たまご》がかえったら赤ちゃんのカードをつくるのを楽しみにしていましたが、まださきになりそうです。早く里親と、あたらしいわが家が見つかるよう、さきにネコのカードをつくることにしました。

居間《いま》のつくえにむかい、羽根《はね》ペンを手に取《と》りました。まえにもいちど、書類に記入するときに羽根ペンをつかってみたことがありますが、そのときは服《ふく》にインクをとばしてしまいました。それからというもの、うまくつかえるよう、ジャムズさんの羽根ペンの使《つか》い方《かた》をよく観察《かんさつ》してきました。

羽根ペンのさきをインクつぼにいれると、名前の欄《らん》はあとで呼《よ》び名《な》が決《き》まったときに記入するためにあけておき、分類の欄に自信《じしん》を持って「魔法《まほう》ネコ」と書きました。すこしインクがにじんでしまいましたが、えんぴつとちがって消《け》すことはできません。

年齢《ねんれい》の欄《らん》には、わからないので「子ども」と書いておきました。つぎはいきさつです。クローバーは羽根《はね》ペンにインクをつけると、とちゅうで何度《なんど》もまよい、線で消《け》しながら書きあげました。

いきさつ……この元木元気なネコたちは、小介しょうかいじょのまえにすてられていた。もとのかい主《ぬし》はヨコシマさん、まじょ。それぞれ、とくべつな力をもっている。元気いっぱいのネコをかっても大丈分だいじょうぶな、よゆうのある方にぴったり。

（ちょっと失敗《しっぱい》しちゃったな。でもきれいにはれば、それなりに見えるはず）

しかし、そうあまくはありませんでした。

インクがまだかわいていなかったのです。持ちあげてケージにはってみると、黒いなみだのようにインクがたれてしまいました。ジャムズさんがいつも、書き終《お》えるとよぶんなインクをすいとっているのを見ていたのに、うっかりわすれていたのです。

（あとで書きなおそう）

いまはさきに、星くずをそうじしなければいけません。天井《てんじょう》にうかんだままになっているのです。

いすの上に立ってほうきをのばすと、ちょうどさきが天井につきました。そのままはいて天井のすみにあつめると、星くずは、残《のこ》り火《び》のようにぼんやりとかがやきました。そのあと、小屋《こや》の天井もそうじしましたが、それはもっとたいへんでした。いすではとどかず、脚立《きゃたつ》にのぼってほうきをのばさなければならなかったからです。

夕方までそうじをつづけましたが、ユニコーンの馬房《ばぼう》の上にうかんでいる星くずまではそうじできませんでした。ずっとほうきをのばしてはいていたので、うでがいたくなり、つかれはててしまいました。

赤ちゃんを見つけだす方法《ほうほう》も考えなくてはいけません。

考えをめぐらそうとしたとき、小さな動物《どうぶつ》の部屋《へや》から物音《ものおと》がしました。いってみると、魔法《まほう》ネコのケージのとびらがあいています。四ひきの魔法ネコは宙《ちゅう》にういたり、ゆかをころげまわったり、火花をちらしたりしています！

目に魔力のあるネコは、つめたい光線をだし、光線があたったテーブルの脚《あし》が霜《しも》でおおわれています。しっぽから火花をだすネコは、アクロバットのようにくるくるとからだを回転《かいてん》させているネコとじゃれあっています。もう一ぴきは、部屋のまん中で宙にういています。

クローバーが置《お》きっぱなしにしていた羽根《はね》いりのふくろは、口があいていて、中身《なかみ》は半分しかのこっていません。ういたネコはしっぽをぴんと立て、するどい目でクローバーを見つめています。クローバーが「シーッ」となだめてだきかかえようとしたとき、バリバリッと音がしました。

ふりかえると、ネコのつめたい光線が、テーブルの脚《あし》だけでなく全体《ぜんたい》をすっかり霜《しも》でおおい、火トカゲの水そうまでおおいつくそうとしています。あつい水そうとつめたい霜の温度差《おんどさ》で、ガラスにひびがはいりはじめたのです。

「あぶない、やめて！」

クローバーがさけんだときには、ネコは光線をだすのをやめていました。アクロバットがとくいなネコがじゃれつき、ふざけてとっくみあいをはじめたからです。

「こっちにきて！」

クローバーは二ひきに声をかけましたが、全然《ぜんぜん》きいていません。ガラスをよく見ると、すこしひびがはいっているだけです。しかし火トカゲはみんな岩にのぼり、おびえているときにいつもそうするように、赤い舌《した》をだしています。

しっぽから火花をだすネコは、からっぽの水そうのガラスにうつる自分のすがたを見つめています。そのとき火花が水そうにあたってはねかえり、自分の鼻《はな》にあたりました。ニャン！　と鳴いたネコにクローバーがかけより、からだにふれた瞬間《しゅんかん》、また火花がちりました。

「いたいっ！」

火花があたって手をはなすと、そのネコはほかのネコとあそびに、かけていきました。ちらばった羽根《はね》の中をネコたちがころげまわっています。

「もう、たいへん！」

まるで災害《さいがい》がいっきにやってきたかのようです。クローバーはネコの名前を思いつきました。目からつめたい光線をだすネコは「ツララ」、黒い雨雲《あまぐも》のようにうくネコは「アマグモ」、竜巻《たつまき》のように回転《かいてん》していたアクロバットがとくいなネコは「タツマキ」、しっぽから火花をちらすネコは「イナズマ」です。

しかし名前は思いついても、四ひきをどう手なずければいいかは思いつきません。

「ああ、わたしも魔法《まほう》がつかえたらな。そしたら……ちょっと、だめだめ、ラッキー！」

テーブルの下にいたラッキーが、楽しそうなネコたちを見て、仲間《なかま》にはいろうとしています。ブンブンとしっぽをふって、耳とひげをピクピクうごかしながら、近づいていきます。

「だめだって！」

近づけば、けがをするかもしれません。クローバーはラッキーをつかまえようとしましたが、そのとき、魔法《まほう》ネコたちがゴロゴロとのどを鳴らす音がきこえてきました。

（あれ？）

目をやると、さっきまであばれていたのがうそのように、ゆかで身《み》をよせあってねむりこけています。ラッキーは楽しそうにミャーオと鳴き声をあげました。いまがチャンスです。クローバーは手のいたみをこらえ、ねむっているネコを四ひきまとめてかかえあげ、ケージにいれました。しっかりとドアを閉《し》めましたが、留め金《とがね》だけではネコが自分であけて、そとにでてしまうかもしれません。そこで物置《ものおき》にカギをさがしにいきました。

カギを手にもどってくると、ラッキーはこわがるようすもなく、ケージのそばで四ひきの魔法《まほう》ネコを見つめています。気のせいでしょうか。ラッキーが見つめれば見つめるほど、四ひきの眠《ねむ》りはふかくなっているようです。ひょっとしたらラッキーは、からだの色が緑《みどり》というほかにも、魔力を持っているのかもしれません。ほかの動物《どうぶつ》を落《お》ちつかせることもできるのでしょうか？　緑は気持ちを落ちつかせる色だといわれています。

「この子たちがねむったのは、ラッキーのおかげなの？」

問《と》いかけても、ラッキーは前足をなめているだけです。

クローバーは居間《いま》へばんそうこうを取《と》りにいくと、また小さな動物の部屋《へや》にもどり、もういちど火トカゲのようすをたしかめました。水そうのひびから中の熱気《ねっき》がもれていないところを見ると、だいじょうぶでしょう。妖精馬《ようせいば》がおびえていないかとのぞいてみると、ヒッコリーは元気があまっているようで、シダのしげみのまわりをかけまわっています。気性《きしょう》のおだやかなタンジーは、ふるえています。クローバーはタンジーのふるえが止まるまで、たてがみをなでました。それからゆかにちらばっている羽根《はね》をあつめ、小屋《こや》へとはこびました。

すっかりつかれてしまったので居間《いま》へもどり、ソファーによこたわりました。手もいたみますが、頭はもっといたみます。ラッキーがミャーオと鳴いて、クローバーのひざにのりました。

「いまはひとりにして」

そう声をかけましたが、ラッキーがまた鳴き声をあげたので、だきよせて耳のうしろをなでました。ゴロゴロとのどを鳴らす音が、まるでわらっているようにきこえます。ほんとうにわらっているのかもしれません。魔法《まほう》ネコにすっかり手を焼《や》いていますが、はたから見れば、おもしろい光景《こうけい》だったかもしれません。イナズマが、だした火花が自分にあたってびっくりしていたのを思いだしました。

(火花がちったり、星がまたたいたり、いそがしい日ね)

そして天井《てんじょう》のすみにあつめた星くずを見あげ、ラッキーにききました。

「ひょっとして、星くずをまいたらういちゃうってラッキーは知ってたの?」

ラッキーはしっぽをぴくりともうごかさず、くつろいでいます。気づくとクローバーの気持ちもほぐれ、頭痛《ずつう》も消《き》えていました。ラッキーの魔力《まりょく》のおかげでしょうか? それはわかりません。どちらにしても、ネコとよりそっていれば気分はよくなるものです。

7

ふきげんなタンジー

家への帰り道はむしあつく、クローバーは日かげの道を歩いていきました。とちゅう、エマの家のまえをとおり、窓《まど》を見あげました。

まだ、エマにへんじを書いていません。ラッキーは話をよくきいてくれますが、やっぱりエマとおしゃべりできないのはさびしい気持ちです。エマが帰ってくるのは夏休みが終《お》わるころです。

でも、ジャムズさんはあしたもどってきます。うれしくもありますが、紹介《しょうかい》所《じょ》のありさまを見たらジャムズさんがどう思うか、不安《ふあん》です。クローバーのことを、思っていたほど役《やく》に立たないと思うでしょう。

赤ちゃんをつかまえる、かんぺきなアイデアを思いつけばいいのですが、なんの魔法動物《まほうどうぶつ》の赤ちゃんなのかさえわからないのですから、思いつきようもありません。ラッキーといっしょにいたときの、ほっとした気持ちはどこかへいってしまい、家に帰りつくころには不安《ふあん》でいっぱいになっていました。

きょうはお母さんが早く帰っていて、台所《だいどころ》でレモネードをつくっているところでした。

「クローバー、だいじょうぶ？」

うかない顔のクローバーに、お母さんはたずねました。クローバーはいったんうなずきましたが、やはり正直《しょうじき》に首をよこにふりました。

「ううん、ほんとうは、だいじょうぶじゃない」

「どうしたの？」

「紹介所《しょうかいじょ》で、ちょっと……。楽しいんだけど、やることが多すぎて。わたしにはむりなのかもしれない」

「クローバーみたいに勇敢《ゆうかん》な子、ほかにいないわよ。今度《こんど》もきっと、いいやり方を思いつくわよ」

お母さんはそういって、レモネードのはいったグラスをさしだしました。ごくりとのむと、つめたくておいしくて、すこし気分がよくなりました。

しかし、その気分も長つづきはしませんでした。夜になり、ベッドにはいりましたがむしあつくて、何度も寝《ね》がえりを打《う》ち、シーツをけとばしてしまいました。

朝になっても、空はくもっているのにいっそうむしあつくなり、汗《あせ》で服《ふく》がからだにはりつき、髪《かみ》もべったりとしています。クローバーはお気にいりの、四《よ》つ葉《ば》のクローバーの柄《がら》のリボンで髪をむすびました。

紹介所《しょうかいじょ》へいくと、中は蒸《む》し風呂《ぶろ》のようなあつさ

でした。風がはいるよう窓《まど》をあけたいのですが、赤ちゃんがそとにでてしまうかもしれないので、できません。

ユニコーンも、あつさでぐったりとしています。クローバーは、ユニコーンの水のみ用のバケツにつめたい水がたっぷりはいっているか、たしかめました。そして物置《ものおき》で、たくさんある、からのケージのうしろから扇風機《せんぷうき》を四つはこびだしました。そしてふたつを小屋《こや》に、ひとつを魔法《まほう》ネコや妖精馬《ようせいば》のために小さな動物《どうぶつ》の部屋《へや》に置《お》きました。火トカゲにはもちろん、扇風機は必要《ひつよう》ありません。岩の上にのってあつさを楽しんでいるようです。のこりのひとつは、居間《いま》のつくえのそばに置きました。

扇風機のまえにすわり、ほてったからだをさましながら、これからどうしようと考えました。赤ちゃんをつかまえる方法《ほうほう》を、まだ思いつきません。このあつさが、あたらしいアイデアにつながるとも思えません。

ふと、ジャムズさんにたのまれていたことを思いだしました。里親にさいきんひきわたした動物《どうぶつ》が元気にしているか、確認《かくにん》してほしいといわれていたのです。クローバーは、ドラゴンのハナアラシやユニコーンのツキノシズク、カエルのエメラルド（ヒラリちゃん）の書類《しょるい》を取《と》りだし、棚《たな》の上から電話をおろしました。

まずは魔法使《まほうつか》いの夫婦《ふうふ》の息子《むすこ》で、ハナアラシをひきとったヘンリーに電話をかけると、お母さんがでました。

「クローバー！　電話をくれてうれしいわ。ハナアラシは元気にしているわよ。ヘンリーはいま、呪文少年団《じゅもんしょうねんだん》の活動《かつどう》にでていて、いないのよ。ハナアラシはちょうど、ホットドッグを焼《や》くのを手伝《てつだ》ってくれているところよ」

「元気そうでよかったです」

クローバーはそうこたえ、ハナアラシの書類の「状況確認《じょうきょうかくにん》　良好《りょうこう》」の欄《らん》にチェックマークをつけました。

つぎは木こりの娘《むすめ》で、ツキノシズクをひきとったスージーに電話をかけました。するとだれもでませんでしたが、ながれてきた留守番《るすばん》電話のメッセージをきいて、クローバーはにっこりしました。

「オラフとスージー、ツキノシズクはただいま、電話にでることができません。発信音《はっしんおん》のあとにメッセージをどうぞ」

ツキノシズクはすっかり、家族《かぞく》の一員《いちいん》になったようです。クローバーはツキノシズクの書類《しょるい》にもチェックマークをつけました。

つぎはエメラルド、いえヒラリちゃんをひきとった占《うらな》い師《し》のミス・オパールに電話をかけると、呼《よ》びだし音《おん》が数回鳴ったあと、おだやかな声がきこえてきました。

「はーい、こちら占い師のミス・オパールでございます。どのような占いをご希望《きぼう》ですか？」

「こんにちは、魔法動物紹介所《まほうどうぶつしょうかいじょ》のクローバーです。きょうは、ヒラリちゃんのようすをうかがいたくてお電話しました」

「まあ、クローバー！　ヒラリちゃんが帰ってきてくれて、どれだけうれしいか。ついこのあいだも、あなたのことを思いだしていたところよ。問題《もんだい》なくやっている？　あなたにトラブルが起《お》きそうな予感《よかん》がしていたのよ」

ミス・オパールの予言は、ほんとうによくあたります。しかしクローバーは思わずいいました。

「だいじょうぶです、きょうはまだなにも起きていません」

うそではありません。そのとき……。

ガタン！

大きな音がして、クローバーはとびあがり、うしろをふりかえりました。なんの音でしょう？　魔法動物《まほうどうぶつ》が居間《いま》にはいってきたのでしょうか？

「すみません、ちょっと用事《ようじ》ができて」

「クローバー、気をつけてね。もうすぐ嵐《あらし》がやってくるわ」

「わかりました、ありがとうございます」

クローバーは電話を切ると、つくえのまわりを見まわしました。やっと赤ちゃんがすがたをあらわしたのでしょうか？

しかし目にはいったのは、魔法動物《まほうどうぶつ》のすがたではありませんでした。『ウィッシュブック』です。いえ、その残骸《ざんがい》といったほうがいいでしょうか。金色の表紙《ひょうし》はかみちぎられ、ページもやぶれてゆかにちらばっています！

これまでも、ぞうきんをかみちぎられたり、テーブルの脚《あし》をかじられたりしてきましたが、それとはくらべものになりません。『ウィッシュブック』は紹介所《しょうかいじょ》でいちばん大切《たいせつ》な本なのです！

「なんてことしてくれるの！」

クローバーは頭にきて、ゆかをふみ鳴らしました。赤

ちゃんはどうやってここまできたのでしょう？　どうしてクローバーは気がつかなかったのでしょう？　電話中でしたが、ほんの数十センチしかはなれていないところにいたのです。

クローバーは深呼吸《しんこきゅう》すると、『ウィッシュブック』をしんちょうに持ちあげました。角はよだれでぬれています。ちらばったページをひろいあつめ、本を洗《あら》い場《ば》へ持っていくと、そっとタオルでふき、ページをもとの場所《ばしょ》にはさみこみました。

さいわい、読めなくなっているページはほとんどありませんが、もとどおりにすることはとうていできそうにありません。

ジャムズさんが見たら、まっさおになるでしょう。クローバーは青い顔で『ウィッシュブック』を居間《いま》に持ち帰ると、ほかにも大切《たいせつ》なものがこわされていないか、見てまわりました。パンフレットをつくえのひきだしにしまい、つくえのうしろにしゃがんで『ウィッシュブック』を戸棚《とだな》の下の段《だん》にいれたとき、つくえの上の呼《よ》び鈴《りん》が鳴りました。

（ああ、魔《ま》法動物《ほうどうぶつ》をひきとってほしいお客《きゃく》さまだったら、どうしよう？）

そう思いながらふりかえると、あざやかな緑色《みどりいろ》の山高帽《やまたかぼう》をかぶった男のひとが立っていました。とても小柄《こがら》なので、つくえの上からはおでこと帽子しか見えません。クローバーはきちんとでむかえようと、つくえのまえにまわりこみました。

男のひとは刈《か》り立ての草のような色のスーツを着《き》て、スイカの皮《かわ》のような緑の靴《くつ》をはき、ホウレンソウのような色のスカーフをつけています。緑でないのは茶色い革《かわ》のベルトと、靴の金色の留《と》め金《がね》だけです。絵本で見た靴屋《くつや》の妖精《ようせい》、レプラコーン*にそっくりです。クローバーはたずねました。

「お客さまは……レプラコーンですか？」

すると男のひとは、きかれるまでもないことと思ったのか、わらってこたえました。

＊レプラコーン　靴屋《くつや》の妖精《ようせい》。虹《にじ》のたもとに、宝物《たからもの》のはいったつぼをかくしているといわれている。

「もちろん。わたしはレオナルド・ヒューと申《もう》します」

そして、うでがぶるんぶるんとゆれるほど力強く、クローバーとあく手をしました。レオナルドさんはききました。

「ジャムズさんはいらっしゃいますか？」

「いまはでかけています。どんなご用ですか？」

「娘《むすめ》のペットにちょうどいい魔法動物《まほうどうぶつ》を紹介《しょうかい》していただこうと、うかがったのです。ルル、でておいで」

レオナルドさんのがっしりした足のうしろから、女の子がちらりと顔をだし、またかくれてしまいました。

「ほら、ルル。こちらのお嬢《じょう》さんが、ペットをさがすお手伝《てつだ》いをしてくださるんだよ」

クローバーは、しゃがんで声をかけました。

「こんにちは、ルル。わたしはクローバーよ」

するとレオナルドさんはいいました。

「クローバー、ですか。幸運《こううん》な名前ですね。そう思わないかい、ルル？」

おずおずと顔をだして見つめてくるルルに、クローバーはほほえみかけました。見たこともないほど、ぶあついメガネをかけたルルの目は、大きくまんまるに見えます。大きなメガネは顔の半分ほどもあり、ふちは虹色《にじいろ》でキラキラしています。全身《ぜんしん》を緑《みどり》で統一《とういつ》しているお父さんとはちがい、ルルのファッションは色とりどりです。さまざまな色のまじりあったカラフルなチュチュを着《き》ていて、シャツは赤と白のしまもようです。赤毛の髪《かみ》を頭のてっぺんでむぞうさにむすび、あちこちを動物《どうぶつ》の形の髪どめでとめています。

クローバーは、レプラコーンに女の子がいることは知りませんでした。これまで読んだ本にでてくるレプラコーンといえば、かならずひとりぼっちの男性《だんせい》だったからです。しかし考えてみると、ケーキを焼《や》く幽霊《ゆうれい》も、日焼《ひや》け止《ど》めをつかう巨人《きょじん》も本の中にはでてきませんでしたから、魔法界《まほうかい》にはクローバーの知らないことが、まだまだあるのでしょう。

ルルはメガネをはずし、シャツのすそでよごれをふきました。

「ルル、メガネはかけておくんだよ。魔法動物《どうぶつ》をよく見てまわらないといけないからね」

レオナルドさんはそういって、クローバーを見ました。

「先週、メガネを買ったばかりなんです。まだ、なれないようで」

クローバーはルルにたずねました。

「何歳《なんさい》?」

ルルは片手《かたて》をあげ、パーをしてみせました。

「五歳《さい》ね！　わたしがはじめてペットを飼《か》ったのも、五歳だったんだよ。金魚だったの」

飼いはじめてすぐ、金魚鉢《きんぎょばち》をそうじしようとしたときに、金魚がとびだして排水溝《はいすいこう》に落《お》ち、ながれていってしまったことは、もちろんだまっておきました。

ルルは、もじもじとレオナルドさんのそでをひっぱり、なにか耳にささやきました。レオナルドさんはふふっとわらい、ルルの耳をやさしくつねりました。

「つばさの生《は》えた魚や角のあるウサギは、空想《くうそう》のペットだろう？　いまいっているのは、ほんもののペットのことだよ。ルルが飼《か》うほんもののペットを見つけよう」

そしてクローバーにむきなおりました。

「この子はいつも、空想のペットにえさまで用意《ようい》しているんですよ」

クローバーはにっこりしました。つばさの生えた魚や角のあるウサギがほんとうにいたら、かわいいだろうなと思ったのです。クローバーも五歳だったら、きっとえさを用意《ようい》したことでしょう。

レオナルドさんはききました。

「おすすめの動物《どうぶつ》はいますか？　ルルはユニコーンがいいといっているんですが、まずは世話《せわ》のしやすい小さな動物を飼《か》ったほうがいいと、いいきかせたんですよ」

「それなら、ぴったりな動物がいますよ」

ルルはメガネを手にしたままつくえの下にかくれ、こちらをのぞいています。

レオナルドさんはいいました。

「また髪《かみ》どめが落《お》ちたのかい？　おいで、ルル。クローバーさんが動物を紹介《しょうかい》してくださるそうだよ」

ルルはそれをきくと、さっとでてきてすっくと立ちあがり、メガネをかけてクローバーの説明《せつめい》に耳をかたむけました。

「妖精馬《ようせいば》はユニコーンとにているんだけど、とても小さいの。見てみる？」

ルルはあんまりいきおいよくうなずいたので、また髪《かみ》どめがひとつ落《お》ちてしまいました。レオナルドさんはカエルが舌《した》をだすようにいきおいよく手をのばし、髪どめを宙《ちゅう》で受《う》け止めると、クローバーにいいました。

「やれやれ、いつもこんな調子《ちょうし》なんですよ」

クローバーはふたりをつれて、居間《いま》からろうかにでました。ルルはなぜか居間をふりかえっています。クローバーは声をかけました。

「妖精馬《ようせいば》はこのさきの、小さな動物《どうぶつ》の部屋《へや》にいるよ」

そして小さな動物の部屋のドアをあけると、目のはしで四ひきの魔法《まほう》ネコのようすを確認《かくにん》しました。みんな起《お》きています。

(ルルが魔法ネコに興味《きょうみ》を持たないといいな)

やんちゃな魔法ネコは、レオナルドさんがいっていたような「世話《せわ》のしやすい」ペットとは正反対《せいはんたい》です。さいわい、魔法ネコのケージは奥《おく》にあり、ルルはまたメガネをはずしてシャツのすそでふいているところなので、気づいていません。レオナルドさんはため息《いき》をついていいました。

「ルル、メガネをかけなさい」

ルルはいわれたとおりに、かけました。

「ここだよ」

クローバーは、中が小さな森のようになっているケースのまえに、ふたりを案内《あんない》しました。ルルは、ずれていたメガネをととのえてケースに近づきました。

五頭の妖精馬《ようせいば》は、思い思いの場所《ばしょ》でくつろいでいます。バターカップとバターナッツはコケを食べ、ドングリとヒッコリーは小さなつたのそばで立ったままうとうとしています。タンジーは、ケースのガラスごしに顔を近づけて見つめるルルの鼻先《はなさき》に歩みより、ガラスに鼻を押《お》しつけています。

ルルはほうっとため息をつき、満面《まんめん》の笑《え》みをうかべました。クローバーはケースにはってあるカードを指《ゆび》さしました。

「この妖精馬たちは、怪物《かいぶつ》にとらえられていたところを、ジャムズさんが救《すく》いだしたんです。小さいので運動《うんどう》させるのも楽《らく》ですし、えさはオート麦をすこしとリンゴがひとかけら、それに角砂糖《かくざとう》がひとつふたつあれば、だいじょうぶです」

レオナルドさんは大きくうなずきました。

「それはいい！　ルル、ひきとらないかい？」

ルルはにっこりして、タンジーを指《ゆび》さしました。クローバーはいいました。

「その子は、タンジーっていう名前なの」

タンジーはクローバーのお気にいりでもあります。紹介所《しょうかいじょ》の魔法動物《まほうどうぶつ》のことは、平等《びょうどう》に好《す》きにならなければいけないのだと思いますが、クローバーのてのひらにのって散歩《さんぽ》するのが大好きなタンジーには、どうしてもとくべつに愛着《あいちゃく》がわいてしまいます。

クローバーはジャムズさんの言葉《ことば》を思いだしました。

『魔法動物紹介所の役目《やくめ》は、里親にひきわたすことだ。かわいがってきた動物とわかれるのはつらいが、ここは動物《どうぶつ》たちの家ではない。心はひらきながらも、同時に、心にふたもしておかなければいけないよ』

そして、ルルにいいました。

「タンジーはとってもおだやかだから、わたしも大好《だいす》きなの。ペットにぴったりだと思うよ。てのひらにのせてみる？」

ルルはうなずきました。

「両手《りょうて》のてのひらをそろえてひらいて。こんなふうに」

クローバーは見本を見せました。

「できるだけひらたくして、うごかないようにね。鼻《はな》をこすりつけたり、指《ゆび》をなめたりすると思うけど、手をうごかしたら落《お》ちてケガをするかもしれないから、気をつけてね」

ルルはうなずいて、クローバーがしてみせたとおりに、てのひらをひろげました。クローバーはタンジーを注意《ちゅうい》ぶかくケースからだし、ルルの手にのせま

した。
「ほら、タンジー。この子はルルよ。あなたの里親になってくれるかもしれないわ」
タンジーはルルの手のにおいをかぐと、身《み》をこわばらせました。そしてきゅうにたてがみをふりみだし、うしろ足で立ちあがると、あらあらしくとびあがりました。おだやかなタンジーのこんなすがたは、いままで見たことがありません。興奮《こうふん》して鼻《はな》の穴《あな》をひろげ、耳をうしろにふせています。
ルルは下くちびるをふるわせ、おび

えた目でクローバーを見つめました。しかし、ふるえながらも手はうごかしません。レオナルドさんがききました。

「どうしたんでしょう？」

「え、ええと……」

クローバーは口ごもりました。タンジーがどうして興奮《こうふん》しているのかわかりませんが、なんとかなだめなければいけません。クローバーは、ルルのてのひらからタンジーをだきあげました。するとタンジーはフーッと大きく何度《なんど》か息《いき》をはき、すぐにおとなしくなりました。

ルルはレオナルドさんの足に身《み》をすりよせています。

「だいじょうぶ？」

クローバーがたずねると、ルルはゆっくりとうなずきました。

「ルル、おりこうだったね」

レオナルドさんがそう言葉《ことば》をかけ、クローバーもいいました。

「ほんとうに。あわててタンジーを落《お》としたりしなくて、えらかったね。どうしてタンジーがあんなふうになっちゃったのか、わたしにもわからないの。いつもはとってもおとなしいんだよ」

いまもタンジーはおとなしく、クローバーの指《ゆび》をなめています。

ルルにうでをひっぱられ、レオナルドさんは身《み》をかがめました。ルルがなにかささやくと、レオナルドさんはほほえみました。

「ルルがいうには、タンジーはあなたが大好《だいす》きだから、ここをはなれたくないのではないかと。わたしもそう思います。さっき、タンジーのことが大好きだといっていましたよね？　きっとしっかりお世話《せわ》をしているから、なついているんでしょうね」

クローバーは、ぽっとほおをそめました。

「そうでしょうか……」

そうこたえましたが、すくなくとも、なついているのはほんとうかもしれないと思いました。というのも、ケースにもどそうとするとき、タンジーはなかなかクローバーの手からはなれようとしなかったからです。角砂糖《かくざとう》をケースの中に置《お》くと、ようやくはなれてくれました。

するとルルはクローバーのうでをひっぱり、ケースを指《ゆび》さしました。

「ほかの妖精馬《ようせいば》を手にのせてみる？」

クローバーがきくと、ルルはぶんぶんといきおいよくうなずき、髪《かみ》どめがとんだのでレオナルドさんがまた受《う》け止めました。

「勇気《ゆうき》があるね、ルル！　わたしとおなじくらい、動物《どうぶつ》が大好《だいす》きなのね」

クローバーの言葉《ことば》に、ルルはにっこりしました。そこで今度《こんど》は、リンゴが大好きでからだに斑点《はんてん》のあるヒッコリーを、ルルのてのひらにのせてみました。

レオナルドさんがいいました。

「わたしたちの家の近くの野原には、妖精馬にちょうどいい、小さなリンゴの木が生《は》えているんですよ」

ヒッコリーはルルのてのひらでも、レオナルドさんのてのひらでも、あばれたりはしませんでした。クローバーは部屋《へや》のゆかに、間にあわせの材料《ざいりょう》で小さな牧場《ぼくじょう》のような場所《ばしょ》をつくり、そこにヒッコリーを置《お》きました。ヒッコリーが歩くようすを見て、ルルは楽しそうにわらい、手をたたきました。

ヒッコリーを持ちはこび用の小さなケースにいれ、ひきわたし書類《しょるい》への記入も終《お》わりました。ヒッコリーをつれていよいよ家に帰ろうというとき、ルルははじめてクローバーにむかって口をひらきました。

「その子犬もつれて帰っていい？」

またメガネをはずしています。

「ええと……」

クローバーはとまどいました。紹介所《しょうかいじょ》に子犬はいないからです。レオナルドさんが、たしなめました。

「ほらほら、ルル、空想《くうそう》の動物《どうぶつ》はもういいだろう？　ヒッコリーを飼《か》うことになったんだから。さあ、メガネをかけなさい」

ルルはメガネをかけましたが、またいいました。

「ねえ、つれて帰っていいでしょう?」

レオナルドさんはため息《いき》をつき、「空想話《くうそうばなし》につきあってもらえますか?」というかのようにクローバーに目くばせすると、ルルにいいました。

「わかった、いいよ」

ルルは確認《かくにん》するかのように、クローバーを見つめました。

「もちろん、いいよ」

クローバーがにっこりしていうと、レオナルドさんはルルをせかしました。

「ルル、早く帰ろう。嵐《あらし》がきそうだ」

あいた玄関《げんかん》のドアからそとを見ると、空が暗《くら》くなっていました。

「わたしたちの家は、虹《にじ》のでるレインボー通りにあります。いつでもあそびにきてください。ほんとうにありがとう」

レオナルドさんは、クローバーにそういうと、ルルをうながしてそとにでました。

「ありがとうございました」

クローバーがこたえると、ルルは満面《まんめん》の笑《え》みをうかべながらレオナルドさんのあとをついて、そとにでました。片手《かたて》にはヒッコリーのはいったケースをかかえ、もうかたほうの手は空想《くうそう》の子犬のからだにそえるかのように、宙《ちゅう》にうかせています。

8 レインボー通りへ

ルルとレオナルドさんが帰ると、魔法動物紹介所《まほうどうぶつしょうかいじょ》の中はきゅうに静《しず》かになりました。ユニコーンもなぜだかいつもよりさらにおとなしく、しっぽをふることさえしません。

四ひきの魔法ネコもようすが変《へん》です。ねむるでもなく、ケージのまわりでとびはねるでもなく、ぎょうぎよく一列《れつ》にならんでいます。ただ、タツマキだけはしっぽのさきで立っています。イナズマのしっぽからはすこし火花がでているだけで、ツララの目はらんらんと光っていますが光線はでていません。アマグモはケージのそこから数センチういているだけです。

（嵐《あらし》が近づいてるからかな）

空が雲でおおわれるにつれ、紹介所《しょうかいじょ》の中もさむくなってきました。クローバーは扇風機《せんぷうき》をかたづけてまわりました。

でも、ほんとうに嵐のせいだけなのでしょうか？　紹介所の中は、なにかふんいきがちがいます。まるで何びきもの動物《どうぶつ》をいちどに里親にだしたかのような、さびしさと静《しず》けさにつつまれています。ラッキーもいつもとちがい、しっぽをぴんと立て、耳をそばだてて玄関《げんかん》ドアを見つめています。

やがて雨がふり、音を立てて屋根《やね》に打《う》ちつけはじめました。クローバーはこびとがぬれてしまうと思い、かさを手にそとにでました。

するとこびとのようすも、いつもとちがっていました。玄関まえではなく、あいた門のまん中にいます。この時間はねむっているはずが起《お》きていて、森へとつづく道を指《ゆび》さしています。雨でしだいにしめっていく土の上に、レオナルドさんとルルの足あとが見えます。

そして、べつの足あとも。子犬の足あとのようです！
　クローバーは、はっとしました。こびとには、卵《たまご》からかえった赤ちゃんがいないか、見張《みは》ってほしいとたのんでいたのです。そして、もしすがたが見えたら知らせてほしい、とも。まさに、見えたにちがいありません！
　赤ちゃんは窓《まど》やドアからにげたのではなく、ルルにつれられていったのです！
　それならどうして、クローバーは小屋《こや》でも、わなをしかけたときも、どこをさがしてもそのすがたを見つけることができなかったのか。ルルのいっていた「子犬」とはなんだったのか。

その理由《りゆう》はひとつ。

卵《たまご》からかえったのは、透明《とうめい》な子犬の赤ちゃんだったのです！

だから卵の中もからっぽのようで、わなにもかかっていないように見えたのです。だから、目と鼻《はな》のさきで『ウィッシュブック』は、ずたずたにされてしまったのです。ジャムズさんがなんの動物《どうぶつ》の卵かわからなかったのも、とうぜんです。透明な子犬どころか、透明な魔法《まほう》動物というものが存在《そんざい》するなんて話、ジャムズさんも知らないにちがいありません。クローバーはわくわくして身《み》ぶるいしました。

しかしもう、ルルに子犬をわたしてしまいました。生まれたばかりなのに、手放《てばな》してしまったのです！　かえしてもらいにいかなければなりません。

「ありがとうございます！」

クローバーはこびとにお礼《れい》をいってかさをさしかけ、紹介所《しょうかいじょ》へかけもどりました。時間がありません。

レオナルドさんは、レインボー通りに住《す》んでいるといっていました。クローバーはヒッコリーのひきわたし書類《しょるい》で住所《じゅうしょ》を確認《かくにん》しました。

野原　レインボー通り七番地

（そういえば、森のわかれ道のところに「のはら」って書いてある看板《かんばん》があったな。その看板がさす道をいけば、たどりつけるはず）

そう考え、物置《ものおき》からもう一本かさを持ちだし、紹介所《しょうかいじょ》の中も、動物《どうぶつ》たちのようすにも変《か》わったところがないのをたしかめました。そして馬具置《ばぐお》き場《ば》で、馬をひく綱《つな》をさがしだし、台所《だいどころ》で子犬の好《す》きそうなおやつも見つけました。

ふつうの子犬はまだミルクしかのまないでしょうが、卵《たまご》からかえるくらいですから、ふつうの子犬ではありません。もうおやつを食べるかもしれません。中に戸棚《とだな》で「ケルベロス用ビスケット」とラベルのあるびんを見つけました。中には骨《ほね》の形をしたビスケットがはいっています。アヒル味《あじ》、キジ味、ポテト味の三種類《しゅるい》だと書いてあります。三種類を一枚《まい》ずつポケットにいれ、玄関《げんかん》からでようとしたとき、ピカッ！　とそとが光りました。ゴロゴロゴロッと爆発音《ばくはつおん》のような音がきこえ、クローバーは思わずとびあがりました。

(嵐《あらし》だ！)

からだがふるえます。クローバーは嵐が大きらいです。小さなころは、嵐が近づくとベッドの下にかくれていました。いまではずいぶんなれましたが、それでもドキドキします。嵐であろうと、子犬をかえしてもらいにいかなければならないことに変《か》わりはありません。でも、足がうごきません。

そのとき、ミャーオと声がしました。足もとを見おろすと、いつの間にかラッキーがいて、クローバーの両足《りょうあし》のあいだを8の字をえがくようにぐるぐるとまわっています。

「ごめんねラッキー、いまはあそんでいる時間がないの」

また稲妻《いなずま》が光り、
ゴロゴロゴロ、ドドーン！

と、ひときわ大きな音がしました。クローバーはとびあがりましたが、もうこわくはありません。

「ラッキーのおかげで、こわくなくなったよ。ラッキーには心を落《お》ちつかせてくれる魔力《まりょく》があるんだね、きっと」

クローバーは身《み》をかがめ、ラッキーをだきしめました。玄関《げんかん》ドアをあけると、ラッキーはあとをついてこようとしました。

「いっしょにはつれていけないんだ。わたしは、ひとりでもだいじょうぶだよ。ありがとう」

ラッキーのしっぽは弓なりにまがり、にっとわらった口もとのような形になりました。クローバーもほほえみかえし、ドアを閉《し》めると「ご自由《じゆう》におはいり

ください」の札《ふだ》をうらがえして「入室禁止《きんし》（王族《おうぞく》でも！）」に変《か》えました。そしてかさをひらくと、大きな動物《どうぶつ》がかじったのか、やぶれているのに気づきました。これではぬれてしまいます。しかしクローバーは凛《りん》としてかさをさし、足をふみだしました。

こびとはかさをさして門のわきに立っています。雨足《あまあし》は強く、こびとの長靴《ながぐつ》は、はねたどろでよごれています。

「紹介所《しょうかいじょ》の番をしていてもらえますか？」

クローバーの言葉《ことば》に、こびとはまばたきでこたえました。

「ありがとうございます。玄関《げんかん》のカギは閉《し》めてあります。早く帰ってこられればいいんですけど」

クローバーは速足《はやあし》で道を進《すす》みました。ちらりとうしろをふりかえると、紹介所はいつもと変わらずすこしかたむき、つたにおおわれ、なによりたくさんのおどろきをつめこんで、たたずんでいました。

これまで紹介所《しょうかいじょ》からでるときといえば、ドラゴンのしっぽ横丁《よこちょう》をとおって森をぬけ、家に帰るのがお決《き》まりでした。それ以外《いがい》の道に足をふみいれたのは、ラッキーを魔女《まじょ》のヨコシマから救《すく》いだした、いちどきりです。ほんの二、三週間まえのことですが、もう何か月もまえのことのように感《かん》じられます。

わかれ道につくと、「のはら」の看板《かんばん》がありました。

(ジャムズさんに森やかなたの地図をもらうか、案内《あんない》してもらっていればよかったな。野原がうんと遠かったらどうしよう?)

でも、レオナルドさんとルルは紹介所まで歩いてきたのですから、そんなに遠くはなさそうです。そうでありますように、とねがいました。やっぱりやぶれたかさは役《やく》に立たず、髪《かみ》もぐっしょりぬれてしまいました。おいしげる木々も、ふりしきる雨をふせいではくれません。風で小枝《こえだ》や葉《は》が、かけまわるネズミのように舞《ま》いちっています。稲妻《いなずま》が光り、雷《かみなり》が鳴りひびいても、クローバーは黙々《もくもく》とまえに進《すす》みます。子犬をかえしてもらわなければと、それだけを考えているのです。

やがて看板《かんばん》が見えてきました。

このさき　レインボー通り　一〜五十番地

そのさきの角をまがると、道がひろく、木もまばらになってきました。金の小なべのような形の家々が、小さな半円をえがくように立ちならんでいます。雨は大きな音を立てて金属製《きんぞくせい》の屋根《やね》に打《う》ちつけ、風は門や雨戸《あまど》に強くふきつけています。クローバーのかさもとんでいきそうです。

家々のむこうには青々とした野原がひろがり、草が風ではげしくゆれています。草と霧《きり》でよく見えませんが、野原にはところどころに大きな岩もあります。晴れていれば、ユニコーンを散歩《さんぽ》させるのによさそうなところです。野生のユニコーンはいないのでしょうか？　まえに、ジャムズさんから野生のドラゴン

の話はきいたことがありますが、野生のユニコーンの話はきいたことがありません。

（今度《こんど》、きいてみよう。でもとにかくいまは、レインボー通りの七番地の家をさがさなくちゃ）

家はすぐに見つかりました。くねくねしたえんとつに、あざやかな緑色《みどりいろ》の雨戸《あまど》のその家は、ひときわ明るいふんいきで、嵐《あらし》の中でもどことなくほほえんでいるように見えます。またドキドキしてきましたが、緊《きん》張《ちょう》しているからではありません。わくわくしてきたのです。卵《たまご》からかえった赤ちゃんに、ようやくあえるのです。

小さな玄関《げんかん》ドアをノックすると、中からききなれない声がしました。

「どなたですか？」

「クローバーです。魔法動物紹介所《まほうどうぶつしょうかいじょ》からきました。レオナルドさんとルルちゃんはいらっしゃいますか？」

「まあ」

ギーッと音を立ててドアがひらき、明るい緑《みどり》のドレスに緑のエプロンすがたで、緑のスリッパをはいた、かわいらしいぽっちゃりした女のひとが顔をだしました。瞳《ひとみ》はろうそくの明かりのようにかがやく琥珀色《こはくいろ》で、見つめられると心がほっこりしてきます。

女のひとはいいました。

「まあまあ、こんなにぬれて。さあ、はいって。レオナルドとルルから、あなたのことはきいているんですよ。わたしはルルの母のマリーゴールドです」

クローバーはかさを閉《と》じ、からだじゅうから雨をしたたらせながら、中に身《み》をすべりこませました。

こんなにカラフルで楽しげな居間《いま》のある家は、見たことがありません。かべはそれぞれ色がちがい、どれもあざやかです。クッションやいすも色とりどりで、まるで虹《にじ》の中にいるようです。クローバーの目のまえで、かべがべつの色に変《か》わっていきました。

目を丸くするクローバーに、マリーゴールドさんはいいました。

「塗料《とりょう》に虹をつかっているんです。虹の魔法《まほう》、すばらしいでしょう？　もう長いこと虹がでなかったんですが、嵐《あらし》のおかげでひさしぶりにでそうです。とはいっても、あまりひどい嵐にならないといいんですけど。レオナルドはだいじょうぶかしら。とりにでかけているんです」

「とるって、なにを？」

「もちろん、虹ですよ。しばらくもどってこないと思います。ごめんなさいね」

いったいどうやって虹をとるのでしょう？　くわしくききたいと思いました

が、いまはそんな時間はありません。クローバーはたずねました。

「いえ、だいじょうぶです。きょうはルルちゃんと話がしたくて」

「そうなんですね……ルルはいま、混乱《こんらん》していて。でもつれてきますので、ちょっとまっていてください。ヒッコリーといっしょにいるんです。さあ、どうぞくつろいで。からだがぬれていても、気にしなくてだいじょうぶですから」

マリーゴールドさんが速足《はやあし》ででていくと、クローバーは居間《いま》を見まわしました。子犬のすがたは見あたりませんが、透明《とうめい》なのですからとうぜんです。

すこしすると、マリーゴールドさんはとても悲《かな》しそうな顔のルルをつれて、もどってきました。ルルに話しかけています。

「ルル、いったでしょう？　ほんものの子犬じゃないのよって。パパもそういっていたじゃないの」

そしてクローバーにいいました。

「さあさあ、すわってください。お茶はいかがですか？　それともココアがいいかしら？」

「ココアをおねがいします」

クローバーは、赤からオレンジに色を変《か》えているさいちゅうの長いすに腰《こし》かけました。マリーゴールドさんがせかせかと台所《だいどころ》にむかうと、ルルはクローバーのとなりに腰かけました。そばで見ると、ルルのほおにはなみだがつたい、メガネもぬれています。

「だいじょうぶ？」

クローバーが声をかけると、ルルは鼻《はな》をすすり、メガネをはずしてふきました。そして居間《いま》を見まわし、すこしほほえんでメガネをかけなおしました。視《し》線《せん》のさきに子犬がいるのでしょうか？　しかしクローバーには見えません。

クローバーは、ぎゅっと胸《むね》がいたくなりました。子犬をひきわたしたのは自分です。ルルが泣《な》いているのは、子犬をつれかえしにきたとわかっているからでしょうか？　せっかくあたらしいペットをむかえたのに、すぐに手放《てばな》さなければならないのがどんなにつらいことか、いたいほどわかります。

クローバーは、できるだけおだやかな声でいいました。

「ルル、わたしがここにきたのは、子犬のことでおねがいがあるからなの。あの子犬はね、まだひきとってもらうには早かったの。それなのに、わたしがまちがってひきわたしてしまったのよ。だから、かえしてもらわなくちゃいけないの」

首をよこにふるルルに、クローバーはたたみかけました。

「まだ小さな赤ちゃんなのよ。もっと大きくなって、そのときにまだあなたやお父さんたちにひきとりたいって気持ちがあったら、ひきわたすわ。あなたはすばらしい里親になると思う。子犬がいまどこにいるのか、教えてくれる？」

ルルは、さっきよりもっといきおいよく首をよこにふりました。

「おねがい、ルル。大切《たいせつ》なことなの。子犬が大きくなったらかならずひきわたすって約束《やくそく》する。だから、居場所《いばしょ》を教えてくれない？」

「いなくなっちゃったの！」

ルルは泣《な》きさけびました。マリーゴールドさんが、湯気《ゆげ》のあがるココアをのせたトレーを手にやってきました。

「ルルったら！　子犬の話はもうおしまいっていったでしょう？　クローバーさん、ごめんなさいね。ルルは子犬を飼《か》っていると空想《くうそう》しているんです。その子犬が、雷《かみなり》の音におどろいて野原にかけだしていったと、さっきから何度《なんど》もいうものですから。ほんとうにはいないんだから、しんぱいしなくてだいじょうぶって、いいきかせているんですけど」

そしてため息《いき》をつくと、つづけました。

「ルルはいつも、空想ばかりしているんです。わたしもそのくらい想像力《そうぞうりょく》がゆたかだったらよかったんですけど」

クローバーは切りだしました。

「空想じゃありません」

するとマリーゴールドさんは、とまどった顔できました。

「どういう意味《いみ》ですか？」

「つまり……」

しかしルルが首をよこにふり、そとを指《ゆび》さしているのに気づきました。

そして、はっとしました。事情《じじょう》を説明《せつめい》するのには、時間がかかります。でも子犬はいままさに、助《たす》けを必要《ひつよう》としているのです。クローバーはいいました。

「あとで説明します。いまは早く子犬を見つけださないといけません。ルルの力を借《か》りたいんです。いっしょにつれていっていいですか？　ルルのことは、わたしが守《まも》りますから」

ドドーン！

また雷《かみなり》が落《お》ち、マリーゴールドさんはびっくりしてとびあがり、コップがカタカタとゆれました。マリーゴールドさんは、トレーをテーブルに置《お》くといいました。

「こんな嵐《あらし》の中で子犬をさがすなんて、とんでもないわ。ほんものの子犬だとしてもね。レオナルドのように経験豊富《けいけんほうふ》な虹収集家《にじしゅうしゅうか》でも、いまごろたいへんな思いをしているはずです。嵐がやんでお日さまが顔をだすまで、ゆっくりココアをのんでいたらいいじゃないですか」

「いいえ、早く見つけないと。それにルルの力が必要《ひつよう》なんです」

クローバーが説得《せっとく》し、ルルがじっと見つめても、マリーゴールドさんは首をよこにふりました。

「だめです」

下くちびるをふるわせるルルに、クローバーはいいました。

「だいじょうぶ。わたしひとりでいくわ。かならず見つけてみせる」

するとマリーゴールドさんは、ため息《いき》をついていいました。

「こんなひどい嵐の中を……。それならせめて、これを」

そして虹色のかさをさしだしました。

「あなたのかさは、ぼろぼろでしょう?」

「ありがとうございます」

クローバーはかさを受《う》け取《と》り、そとにでようとしましたが、ふと思いついてききました。

「ルル、子犬の名前は?」

「『わんちゃん』ってよんでるの。まだ名前をつけていないから」


嵐《あらし》は、いっそうひどくなっていました。雷《かみなり》が鳴りひびき、風はびゅうびゅうと音を立ててふきあれています。さっきのかさとはちがい、虹色《にじいろ》のかさは小さいながらもしっかりと雨をふせいでくれます。しかし道のさきのぬかるんだ野原に足をふみいれると、靴《くつ》はぐっしょりぬれてしまいました。野原は水びしで、どこまでも果《は》てしなくつづき、まるで海のようです。霧《きり》の中、遠くむこうに、もりあがった地平線のようにかべがつづいているのが見えます。野原は、あのかべまでつづいているのでしょう。

ひょっとしたら、子犬は目のまえにいるのかもしれません。

「わんちゃん、わんちゃん!」

クローバーは大声でよびかけ、風にのせて力のかぎり、ピーッと口笛《くちぶえ》をふきました。そばにいればふれられるかもしれないと、手をのばし、なにか手がかりが見つからないかと目をこらしましたが、だめです。

草をかきわけ、岩をよけて進《すす》んでいくと、ぬかるみがひどくなってきました。どろの中に子犬の足あとがないかさがしましたが、あったとしても、この雨ではながれているでしょう。

「わんちゃん、わんちゃん、おいで!」

さけんでもさけんでも、風にかき消《け》されます。やがて声がかれてしまいました。どろに足を取《と》られ、靴《くつ》がぬげそうになり、なんとかからだを立てなおしたとき、ひときわ強い風がふき、かさがとんでいきました。虹色《にじいろ》のかさは、くるくるとまわりながら、どんどん空へと舞《ま》いあがっていき、やがて見えなくなりました。

(借《か》りたかさなのに！)

全身《ぜんしん》がずぶぬれになりました。うすいサマードレスがからだにはりつき、靴《くつ》は歩くたびにじゃぶじゃぶと音を立てます。ぬれた前髪《まえがみ》をふりはらいましたが、さっき、どろにはまった靴をひろったときに、手がどろだらけになっていたのをわすれていました。髪にも顔にも、どろがついてしまいました。

「わんちゃん、ここだよ！　おいで！」

絶望感《ぜつぼうかん》でいっぱいになりさけびましたが、かえってくるのはビューッとふきつける風の音だけです。

ようやく、くずれかけた石かべがつづいているところにたどりつきました。

(ここが、野原の果《は》てね)

石かべはクローバーの背《せ》たけよりすこし高いだけですが、視界《しかい》をふさぎ、そのさきの景色《けしき》を見わたすことはできません。右にも左にも、どこまでもつづいています。子犬が石かべをのりこえることはできそうにありませんが、風はしのげます。ひょっとして、どこかに身《み》をよせているのでしょうか？

ピカッ！

稲妻《いなずま》が光り、石かべを明るく照《て》らしました。クローバーは石かべに一か所《しょ》、大きな穴《あな》があいているのに気づきました。大きな犬でも、人間の子どもでもなんとかくぐれそうな穴です。

（この穴をとおって、かべのうらにいるのかもしれない）

クローバーはなんとか穴をくぐり、石かべのむこうがわにでました。

そして、ぎょっとしました。石かべは野原の果《は》てではなかったのです。目のまえには野原がつづいています。クローバーがここまで歩いてきた道のりの、十倍《ばい》ほども遠くまで景色はつづき、そのさきも果てが見えません。おなじように草がしげり、岩々と木々が見えます。こんなにひろい野原をさがしまわることなど、できるはずがありません。たとえ子犬が透明《とうめい》ではなく目に見えたとしても、見つけだすことはできないでしょう。

ゴロゴロゴロ!

稲妻《いなずま》がジグザグに光り、遠くの木に落《お》ちました。木はメリメリッと大きな音を立ててたおれ、あまりの迫力《はくりょく》にクローバーはとびあがりました。そのひょうしに石につまずき、ころんでしまいました。足もとは、きゅうな坂《さか》になっています。

「あっ!」

そのままずべり落ちて、坂の下にたまったどろの中に、からだごとつっこんでしまいました。いっきに恐怖《きょうふ》と心細さが押《お》しよせてきました。

(わたしにも子犬が見えたらいいのに。なにか魔法《まほう》がつかえたらいいのに!お母さんにあいたい。お父さんにあいたい。あったかいお風呂《ふろ》にはいって、ラッキーをひざにのせたい)

なみだがあふれてきました。クローバーは立ちあがり、よろめきながら近くの岩まで歩いていきました。大きなふたつの岩がたがいによりかかり、下にすき間があいて小さな洞窟《どうくつ》のようになっています。雨のとどかない、かわいたその空間にもぐりこみ、ふるえながら、ぬれたからだをだきしめました。

子犬もきっと、ずぶぬれでふるえていることでしょう。小さなからだを丸めておびえているすがたを想像《そうぞう》し、苦《くる》しくなりました。

(わたしが見つけられなかったら、ここであきらめたら、子犬は死《し》んじゃうかもしれない)

おそろしくなり、クローバーはいっそうはげしく泣《な》きだしました。見えない子犬をさがしだすなど、とうていできそうにありません。あきらめるしかないにきまっています。

でも、それはできません。

魔法《まほう》がつかえなくても、できることはあるかもしれません。

魔法《まほう》がつかえるかどうか。それがほんとうに関係《かんけい》あるのでしょうか？　大切《たいせつ》なのは、動物《どうぶつ》を愛《あい》しているかどうか。だから、あきらめることはできないのです。どんなにたいへんでも。この嵐《あらし》のさなかでも。

魔法はつかえなくても、これまでラッキーの魔力に気づき、ココやヒッコリーをぴったりな里親にひきわたすことができました。四ひきの魔法ネコが安全《あんぜん》に平和《へいわ》に暮《く》らしているのも、クローバーのおかげです。妖精馬《ようせいば》のタンジーはよくなつき、里親にひきわたされるのをいやがるくらいです。

子犬も見つけられるはずです。そう信《しん》じ、自分をふるい立たせました。

そのとき、そばでなにか気配《けはい》がするのに気づきました。

9 大切《たいせつ》なのは

目のまえに、なにかいる気配《けはい》がします。体温《たいおん》がつたわってきます。耳をすますと、クーンとかすかな鳴き声がきこえてきました。でも、すがたは見えません。

おそるおそる手をのばすと、いっしゅん、ぬれた毛が手にふれました。しかしすぐに、からだをひっこめてしまったようです。

クローバーは息《いき》をのみました。きっと子犬です！

ふつうの犬とはちがい、声ひとつあげません。そういえばこのまえ、小屋《こや》でなにかをふんだ気がしたのを思いだしました。あれは子犬のしっぽだったので

しょうか？　そうだとしたら、子犬はふまれてこわかったことでしょう。そのあと、巨人《きょじん》が紹介所《しょうかいじょ》をノックして大きな音がしたのにも、ふるえあがったにちがいありません。

（きっと、ルルとおなじように繊細《せんさい》なんだ）

クローバーは、やさしく声をかけました。

「だいじょうぶだよ。嵐《あらし》がやってきただけだから。わたし、あなたを助《たす》けにきたの」

そしてビスケットを持ってきていたのを思いだし、取《と》りだしました。ぬれていますが、なにもないよりはいいはずです。

「ほら、どうぞ」

子犬の目のまえにだせているといいなと思いながら、さしだしました。すると、くんくんとにおいをかぐ音がかすかにきこえました。すがたも見えず、ほとんど音も立てないので、なかなか気配《けはい》がつかめません。そのときぎゅうに、

見えない舌《した》がビスケットをぺろぺろとなめはじめました。
　もぐもぐとかむ小さな音がきこえ、ビスケットのさきがくずになっていくのが見えます。クローバーはからだをよせ、手をのばしました。子犬はすこしあとずさりしたようですが、今度《こんど》はにげません。クローバーはそっと子犬をなでてみました。
　すがたは見えませんが、しっかりと存在《そんざい》を感《かん》じます。からだはとても小さく、ずぶぬれです。鼻《はな》と、ふさふさに毛の生《は》えたふたつの耳は、子犬らしいさわり心地《ごこち》です。
クローバーの靴《くつ》にぽんぽんとあたるしっぽ

のようすも、まさに子犬です。

背中《せなか》に手をのばしたクローバーは、はっと息《いき》をのみました。肩《かた》の近くに、なにかうすくやわらかいものがたたんであります。つばさです！　透明《とうめい》なだけではありません。つばさのある子犬なのです！

(だから、スタンドの上の『ウィッシュブック』にもとどいたのね)

これでジャムズさんにも、『ウィッシュブック』がぼろぼろになってしまった説明《せつめい》だけはできます。きっとわかってくれるでしょう。つばさのある透明な子犬を相手《あいて》に、怒《おこ》ることなどできないはずです。

ビスケットをもう一枚《まい》さしだすと、子犬はまっていましたとばかりに、ぺろりとたいらげました。

魔法動物紹介所《まほうどうぶつしょうかいじょ》につれて帰って、からだをかわかし、ちゃんとごはんを食べさせなければいけません。しかし雨ははげしくふりつづいています。嵐《あらし》がすぎさるのをまつこともできますが、いったいいつになるかわかりません。いますぐ帰るのがいちばんです。クローバーはポケットの中の綱《つな》に手をのばしましたが、でかけるときにあわてていたので、綱をむすぶ首輪《くびわ》を持ってこなかったのに気づきました。だきかかえていくしかありません。

だきよせようと手をのばしましたが、子犬はクーンと鳴いて、あとずさりました。

「だいじょうぶだよ」

子犬に近づき、ポケットにのこっていたビスケットのさいごの一枚《まい》をさしだしました。子犬はぺろりとたいらげると、もっとちょうだいとでもいうように、クローバーの手をなめました。

「ごめんね、もうないの。でも魔法動物紹介所《まほうどうぶつしょうかいじょ》にいけば、もっとあるよ。いっしょにいかない？」

子犬はまた手をなめました。

「いい子ね。だっこしていってもいい？」

クローバーはゆっくりと手をのばし、

「安心して」

とささやきながら、だきかかえました。子犬は今度《こんど》は、おとなしく身《み》をまかせてくれました。

うでにだくと、子犬はいっそう小さく感《かん》じられ、心臓《しんぞう》の鼓動《こどう》もつたわってきます。子犬がだっこになれるまで、しばらくそのままますわっていました。雷《かみなり》の音がするたびに子犬の心臓がはねあがるのがつたわってきます。

「こわがらなくてもだいじょうぶ。もう、ここをでないと。ビスケットがほしいでしょう?」

子犬はクローバーのうでをなめました。

「さあ、ビスケットのあるところにいこう」

子犬をかかえ、嵐《あらし》の中にでました。足もとはぬかるみ、雨はふりつづいていますが、心の中は太陽《たいよう》が照《て》らしているかのように、明るく幸《しあわ》せでいっぱいです。

紹介所《しょうかいじょ》にもどるとちゅう、子犬がぶじだと知らせようと、ルルの家のまえによりました。思ったとおり、ルルは窓《まど》に顔を押《お》しつけて、そとのようすを見つめていました。そしてクローバーと子犬がやってきたのに気づくと、ぱっと顔をかがやかせ、ぶんぶんといきおいよく手をふりました。窓辺《まどべ》をヒッコリーが散歩《さんぽ》しています。ルルはなにか、べつの動物《どうぶつ》をだっこしているようなしぐさをしています。ほかの透明《とうめい》な動物をだいているのでしょうか？

そういえば、レオナルドさんはいって

いました。ルルはつばさの生《は》えた魚や、角のあるウサギの話をしていると。それも、空想《くうそう》ではなく、ほんとうにいるにちがいありません。ほかにはどんな透《とう》明《めい》な動物《どうぶつ》を飼《か》っているのでしょう？ 想像《そうぞう》がふくらみます。

クローバーは、ルルのメガネがヒッコリーのケージの上にあるのに気づきました。そして、ルルが紹介所《しょうかいじょ》でしょっちゅうメガネをはずし、そのたびにレオナルドさんに「メガネをかけないと、なにも見えないだろう？」といわれていたのを思いだしました。

クローバーはほほえみました。

（レオナルドさんはまちがっていた。メガネをはずしたほうが、ルルはいろんなものを見ることができるんだ。また今度《こんど》、ルルの家にあそびにいって、透明なペットを全部《ぜんぶ》紹介してもらおう）

そして窓《まど》ごしにルルに手をふり、さきをいそぎました。

「のはら」の看板《かんばん》のあるわかれ道にたどりつくころには、嵐《あらし》もおさまり、子犬も落《お》ちつきを取《と》りもどしていました。からだもふるえていません。そのかわり、元気にもぞもぞとうごきだしたので、あぶなくクローバーのうでから落ちてしまうところでした。

（やっぱり首輪《くびわ》を持ってくればよかった！）

そのとき、いいことを思いつきました。クローバーは道のわきにすわり、子犬をひざにのせました。そして髪《かみ》をむすんでいるリボンをほどくと、もぞもぞとうごく子犬の首に、なんとかむすびました。首がどこにあるのか見えないので苦労《くろう》しましたが、むすび終《お》わると、そこに綱《つな》をつけました。綱をにぎって子犬のからだから手をはなすと、子犬はとびあがったようで、リボンがどんどん上に舞《ま》いあがっていきます。

ほんとうにとべる子犬なのだとわかり、クローバーはほうっとため息《いき》をつきました。まだ赤ちゃんの子犬はすぐにつかれて、木のいちばん下の枝《えだ》のあたりまでとんだところで地面《じめん》に舞いおりてきましたが、すこしやすむと、またとび

あがりました。クローバーはそのまま、とぶ子犬をひいて紹介所《しょうかいじょ》への道を歩いていきました。そのあいだじゅう、子犬がまるでシーソーにのっているかのように、リボンは舞《ま》いあがったりおりたりをくりかえしていました。

こびとはうで組みをして玄関《げんかん》ドアのまえに立っていました。クローバーはこびとのとんがり帽《ぼう》をぽんとやさしくたたいていいました。

「留守番《るすばん》、ありがとうございました。おかげでこの子も見つかりました、とさん」

すると、こびとがなにかつぶやいたのです！　クローバーはききのがしませんでした。たしかに、

「ガンプ」

といったのです。

「話せるんですね！　ガンプって、あなたの名前ですか？」

こびとはだまったまま、まばたきしました。クローバーはにっこりしました。

「ぴったりな、いい名前ですね」


子犬のからだをかわかし、えさをあげると、クローバーは自分のからだもかわかすことにしました。びしょぬれのサマードレスを洗《あら》い場《ば》でぬぎ、さっとからだをあらいながすと、バスタオルをからだにまきました。そしてサマードレスもあらって、どろを落《お》とし、火トカゲのケースのふたのはしにかけました。

火トカゲのふく火の熱《ねつ》でサマードレスがかわくのをまちながら、魔法《まほう》ネコがじゃれあうのをながめていると、電話が鳴りました。クローバーはバスタオルが落ちないようにしっかりつかみながら、いそいで居間《いま》にむかい、電話を取《と》りました。

「もしもし、魔法動物紹介所《どうぶつしょうかいじょ》のクローバーです」

すると、相手《あいて》はぶっきらぼうにいいました。

「ああ、あのあたらしい子ね。わたしは獣医《じゅうい》のナーチよ。このまえ、ユニコーンが病気《びょうき》だって、留守番《るすばん》電話にメッセージをいれていたでしょう？　もっと早く電話をかえせればよかったんだけど、重《おも》いピョンピョン病にかかったドラゴンの治療《ちりょう》をしなくちゃならなくて、そのあとはヒッポグリフの診察《しんさつ》もあって。かわいそうに、そのヒッポグリフ、かぎづめがわれてしまったんだけど、飼《か》い主《ぬし》が魔法《まほう》でなおそうとしたらしくて、よけいにひどくなってたのよ。もう、たいへんだったわ！　大切《たいせつ》なのは魔法じゃなくて、動物《どうぶつ》のようすを察《さっ》する、感《かん》じる心なのよ。それともちろん、適切《てきせつ》な治療ね。いつも飼い主たちにそういっているのに、全然《ぜんぜん》わかっていないんだから。それで、ユニコーンがどうしたの？」

「あ、ええと、ココはもうだいじょうぶです。アレルギーだったみたいで。おさわがせしました」

「自分でなおしてあげたの？　いまはあなたが飼育係《しいくがかり》をしているって、ジャムズさんにきいたけど」

「そうなんですか？」

　クローバーはびっくりしました。

（ジャムズさん、わたしを飼育係《しいくがかり》だと思ってくれてるんだ！）

　そのことで頭がいっぱいになり、うっかり用件《ようけん》をわすれてしまうところでした。クローバーはいいました。

「ただ、べつのご相談《そうだん》があって。紹介所《しょうかいじょ》でさいきんひきとった魔法《まほう》ネコを四ひき、診察《しんさつ》してもらいたいんです」

「あしたまでにはいけるわ。それでだいじょうぶ？」

「はい、そのころにはジャムズさんも帰ってきているはずです」

「よかった。ジャムズさんの焼《や》くシナモントーストはおいしいのよね。魔法界《まほうかい》の住人《じゅうにん》は、トースターひとつあればすむものを、わざわざ魔法にたよったりす

るものだけど」

そのとき、電話ごしに動物《どうぶつ》の大きな鳴き声がしました。

「そろそろ切るわね。クローバー、おぼえておいて。大切《たいせつ》なのは魔法《まほう》じゃなくて、感《かん》じる心なのよ」

そしてナーチさんは電話を切りました。クローバーはとても幸《しあわ》せな気分でした。ジャムズさんが自分のことを「飼育係《しいくがかり》」だといっていたのです。それに「魔法ではなく、感じる心」というのは、まさにクローバーをあらわしているようです。

火トカゲの熱《ねつ》ですっかりかわいたサマードレスを着《き》ると、からだも心もあたたかくなりました。

居間《いま》では子犬とラッキーがよりそってソファーで丸まっているようです。といっても、目に見えるのはラッキーと、そばにういているリボンだけです。窓《まど》から日の光もさしてきました。窓をあけると、さわやかな風がふきこんできました。

きょうはすてきなことが山ほどあった一日でした。なぞもいくつもとけました。だれかに話したくてたまりません。

思いうかぶのは親友、エマの顔です。もちろん、魔法動物紹介所《まほうどうぶつしょうかいじょ》でのできごとをエマにそのまま話すことはできません。でもクローバーが自分についてどんな発見《はっけん》をしたかは、話せます。

クローバーはいすに腰《こし》かけると、つくえのひきだしから紙を取《と》りだしました。ほんとうは魔法ネコや子犬の名前などを書いたカードをつくらなければいけないのですが、まずはどうしても、エマに手紙を書きたいと思ったのです。そして羽根《はね》ペンを手に取りました。うまく書けないのはわかっていますが、かまいません。羽根ペンで書いたほうが、エマはよろこぶでしょう。それに今度《こんど》は、書きながらよぶんなインクをすいとることも、ちゃんとおぼえています。

大好《だいす》きなエマへ

いつもツイていなかったわたしだけど、いまのところ、ちゃんと動物《どうぶつ》の世話《せわ》ができているよ。まだ動物は一ぴきもいなくなったりしてないんだ。ぎゃくに、いなくなった動物を見つけたんだよ！　すごいでしょ？　わたし、動物の世話をうまくやれてるんだ！

クローバーより

追伸《ついしん》――この手紙、ほんものの羽根《はね》ペンで書いてるんだよ！

手紙もカードも書き終《お》えると、窓《まど》から風にのって、チョコレートカップケーキのあまい香《かお》りがただよってきました。

10 最高《さいこう》のピクニック

居間《いま》の窓《まど》からそとを見ると、ドラゴンのしっぽ横丁《よこちょう》をムッシュ・パフがふわふわとうかびながらやってくるところでした。すけたからだを日の光がとおりぬけています。そのよこを歩くココの背中《せなか》には、小枝《こえだ》をあんだ大きなかごがのせてあります。

クローバーは子犬をだきあげて玄関《げんかん》のドアをあけると、パフさんをでむかえました。パフさんは声をはりあげました。

「クローバーさん、いらっしゃってよかったですー！」

「きょうはどうしたんですか？　ひょっとして、ココになにか問題《もんだい》が？」

「いやいや、なーんにも問題《もんだい》ないですよ。もう、なーんと申《もう》しあげたらいいのやら。まったくクローバーさんは、最高《さいこう》のペットを紹介《しょうかい》してくださいましたねー。まだひきとって三日目ですが、いままでココなしでどーやって暮《く》らしていたのか、わからないくらいですよー」

パフさんに鼻《はな》をなでられ、ココはほこらしそうにしっぽをふりました。

「ココのおかげで、配達《はいたつ》できる量《りょう》がなーんと三倍《ばい》にふえたんです。それにいままでは、かごをひーっくりかえしたり、ゆれて中身《なかみ》がくずれてしまーったりすることもあったんですが、それもなくなって。ココは、まるで宙《ちゅう》にういているようになめらーかに歩くんです。ペットのおかげでこーんなに毎日が変《か》わるとは、思いもしませんでした。そのお礼《れい》にカップケーキを持ってきたんですー」

パフさんは、ココの背中《せなか》にのっているかごのふたをあけました。

「お礼なんて……」

そのとき、うでの中で子犬がもぞもぞとうごきはじめました。宙にうかぶりボンを見て、パフさんがききました。

「クローバーさん、それはなーんですか？　よく見えませんが、なにかかかえているようですねー？」

「子犬です。透明《とうめい》なんです」

クローバーがうでからおろすと、子犬はパフさんにむかってとんでいきました。

「なーんとなんと！」

パフさんはかごを地面《じめん》におろし、手をのばして子犬をさわろうとしました。

「わたしより幽霊《ゆうれい》っぽいですねー。お名前は？」

「まだつけていないんです」

そのときココが、クシュン！　と、くしゃみ

をしました。

クシュン！　クシュン！

なかなか止まらず、鼻水《はなみず》があちこちにとびちりました。パフさんがいいました。

「おーやおや！　ココは子犬にアレルギーがあるようですねー」

クローバーは、ピンときていいました。

「そうか！　ココはあのとき、テンサイのビスケットを食べたんじゃなかったんだ。透明《とうめい》な子犬にアレルギーを起《お》こしてたのね！」

パフさんは半透明の口ひげをひねりました。

「きっと、動物《どうぶつ》と食《た》べ物《もの》のどちらにもアレルギーがあるんでしょー。原因《げんいん》がちがっても、おなじアレルギー反応《はんのう》がでることは多いですからねー」

「じゃあ、ちょっと子犬を紹介所《しょうかいじょ》の中にもどしてきます」

「いーえいいえ、だいじょうぶですよ。ココは遠くにつないでおきますからー」

パフさんはココを子犬からはなれた門のところにつれていき、綱《つな》をつけて門につなぎました。パフさんがこちらにもどってくると、手にしているかごに子犬が近づこうとしたので、クローバーはなんとかひきとめました。パフさんはいいました。

「くしゃみは止まりましたよー」

「よかったです。子犬にアレルギーがあるなんて……」

そのとき、小さなさけび声がきこえました。

「わんちゃんだ！」

ルルです。メガネははずして、手に持っています。それまでパフさんのかごに夢中《むちゅう》だった子犬は、きゅうにむきをかえ、ルルのうでの中にとびこんでいきました。

「ルル、また空想《くうそう》のペットの相手《あいて》をしているのかい？」

レオナルドさんはいつものように、ため息《いき》をついていいましたが、そのとき、宙《ちゅう》にうくリボンに気づきました。クローバーは説明《せつめい》しました。

「ほんとうに子犬がいるんです。透明《とうめい》なんです。ルルだけは、メガネをはずせばすがたが見えるんですよ。レオナルドさんの家にはヒッコリーのほかにも何びきか、透明なペットがいると思います」

言葉《ことば》をうしなうレオナルドさんを、ルルはつつきました。そして、レオナルドさんのポケットを指《ゆび》さしました。レオナルドさんは、ルルのうでの中でういているリボンを見つめながら、心ここにあらずといったようすでクローバーにびんをさしだしました。

「ああ、そうそう……ルルがあなたにこれをわたしたいと、しきりにいっていいまして。新鮮《しんせん》なうちにと」

びんの中身《なかみ》はカラフルにうずまいています。いまにもガラスをとおりぬけてとびだしてきそうなほどあざやかです。とても美《うつく》しく、すっかり見とれてしまい、目がはなせません。

「これはなんですか？」

クローバーがきくと、パフさんがこたえました。

「虹《にじ》のびんづめですよ！　話にはきいたことがありますが、実物《じつぶつ》を目にするのははーじめてです。こーんなにきれいな色で、お菓子《かし》をデコレーションしたいものですね」

するとレオナルドさんがクローバーを見ていいました。

「マリーゴールドにききましたよ。うちにきてくださったそうですね。お仕事《しごと》熱心《ねっしん》なんですね」

クローバーは、ぽっとほおをそめました。

「ありがとうございます。でも、あやまらないといけないことがあって。わたし、マリーゴールドさんのかさをなくしちゃったんです」

そのとき、
ドーン！　ドーン！　ドーン！

大きな地鳴りがしました。ルルは子犬をだきしめてさけびました。

「わんちゃんがこわがってる！」

クローバーはいいました。

「嵐《あらし》の音とかんちがいしたのね。でもだいじょうぶ。あの音にはききおぼえがあるの。あれは、嵐でも雷《かみなり》でもなくて……」

するとパフさんが声をはりあげました。

「巨人《きょじん》ですね！　きょうは、どーんどんひとがやってきますね」

プルーデンスさんとハンフリーさんが森の中からすがたをあらわしました。雨よけ帽《ぼう》にレインコート、ゴム長靴《ながぐつ》を身《み》につけています。ふたりは門をひょいっとまたぐと、足を止めました。プルーデンスさんがクローバーを指《ゆび》さして、ハンフリーさんにいいました。

「ほらね」

そして雨よけ帽をぬいだので、クローバーとパフさんの上に、雨つぶがシャワーのようにふりそそぎました。プルーデンスさんはつづけました。

「だからいったでしょう？　この子はちゃんとひとりでやれるって」

するとハンフリーさんが、おだやかな声でいいました。

「それをいったのはぼくじゃないか、キラキラのダイヤモンドちゃん」

「でも、この子がぶじかどうか、ようすを見にいこうって、いってきかなかったじゃないの。わたしはまだ、嵐《あらし》のあとで頭痛《ずつう》がするっていうのに」

「まあまあ、あまい香《かお》りのバラ園ちゃん。そとの新鮮《しんせん》な空気をすえば、頭痛もおさまるだろうと思ったのさ。ほんとうにひどい嵐だったね」

ハンフリーさんはそこでクローバーを見おろして、つづけました。

「わたしたちは雲の上に住《す》んでいるので、いつもは嵐がきても、なんということもないんです。でも今回の嵐は、家をささえるマメの木をゆらすほどはげしくて」

プルーデンスさんもいいました。

「だから、あなたのいるあたりは、きっととんでもないことになっているだろうと思って。それにあなたは小さくて、魔法《まほう》もつかえないし」

「だいじょうぶでしたか？」

ハンフリーさんにきかれ、クローバーはにっこりしました。「小さい」といわれたことも「魔法もつかえない」といわれたことも、気になりません。心づかいがうれしかったのです。クローバーはふたりの耳にとどくよう、大声でこたえました。

「だいじょうぶです。ほんとうにありがとうございます」

「ところで、そちらの方々はどなた？」

プルーデンスさんは、レオナルドさん親子とパフさんを指《ゆび》さしました。大きな指なので、指さしたとたんに風がびゅっとふき、パフさんはすこしうしろにふきとばされてしまいました。しかしなんとかからだを立てなおすと、口ひげをととのえました。クローバーは三人を紹介《しょうかい》しました。

「こちらはルルと、お父さんのレオナルドさんです。そしてこちらはムッシュ・

パフ」

「ムッシュ・パフ？　あの有名《ゆうめい》なお菓子屋《かしや》さんの？」

プルーデンスさんがきくと、パフさんはこたえました。

「なーんと、巨人《きょじん》の方までわたしの名前をごぞんじとは」

「パフさんのつくったお菓子を食べたことはありませんが、『マジカルリビング』夏号《ごう》の記事《きじ》で取《と》りあげられているのを読んだんです」

「ぜーひ、めしあがってください。いっしょにピクニックはいかがですかー？　カップケーキをたーくさんつくってきたんです」

しかしプルーデンスさんは、残念《ざんねん》そうにいいました。

「せっかくですけど……マメの木の上の家にもどらないと。金の卵《たまご》を守《まも》らなくてはいけないので。クローバー、卵を守ってくれるような魔法動物《まほうどうぶつ》は、まだ見つかっていないのよね？」

するとレオナルドさんがいいました。

「ああ、それならグリフォンはどうですか？　グリフォンはよく、虹《にじ》のたもとで宝《たから》を守《まも》る役《やく》をつとめてくれるんですよ」

「そうねえ、グリフォンはちょっと……。かぎづめもくちばしも、こわいんだもの。おだやかでかわいらしい魔法動物《まほうどうぶつ》をひきとりたいんです。わたしたちみたいに、おっとりしているのがいいわ。でももちろん、しっかり金の卵《たまご》を守ってくれなくちゃいけないのだけど」

プルーデンスさんの言葉《ことば》をきいて、ルルがおずおずとクローバーに近づき、ささやきました。クローバーはぱっと笑顔《えがお》になってうなずくと、いいました。

「それなら、ぴったりな魔法動物がいますよ。まだひきわたすには早くて、しつけもしなくちゃいけないんですけど、ルルが協力《きょうりょく》してくれます」

プルーデンスさんとハンフリーさんは目をかがやかせ、声をそろえました。

「ほんとうに？　どこにいるんですか？　どんな魔法動物？」

クローバーは、ルルのうでの中でういているリボンを指《ゆび》さしました。

「この子はつばさのある透明《とうめい》な子犬なんです。しっかりしつけをして大きくなったら、金の卵《たまご》を守《まも》るのにふさわしいペットになると思います。透明なので、どろぼうにも見えません」

「まあ、子犬？　最高《さいこう》ね、ぴったりだわ！」

かん高い声でそういうプルーデンスさんに、クローバーはつづけました。

「まだ生まれたばかりなので、大きくなってからじゃないとひきわたせないんですけど、成長《せいちょう》すれば勇敢《ゆうかん》な番犬になってくれると思います。それまでときどきようすを見にきていただければ、子犬もおふたりになれると思います」

ルルもうなずいています。

「とてもいい話じゃないか。そう思わないかい？　ぼくのかわいいお菓子屋《かしや》ちゃん」

ハンフリーさんがきくと、プルーデンスさんは身《み》をかがめ、ひとさし指《ゆび》で子犬をなでて、やさしい声でいいました。

「わたし、昔《むかし》から子犬が大好《だいす》きなのよ。きゃっ！　この子、わたしの指《ゆび》をなめたみたい。うふふ」

クローバーはいいました。

「プルーデンスさんのことが好きになったんですね。この子犬をおふたりに、というのは、ルルのアイデアなんです。ほんとうはルルが里親になるつもりだったんですけど、ゆずってくれるそうです」

クローバーがルルにほほえむと、ルルもにっこりしました。ハンフリーさんがいいました。

「それはそれは、ルルちゃんになんとお礼《れい》をいっていいのやら。じゃあ、いまからお祝《いわ》いもかねて、ぼくたちもピクニックに参加《さんか》させてもらおうじゃないか、ぼくのお茶目《ちゃめ》なおだんごちゃん」

プルーデンスさんはうなずき、パフさんはにっこりして、かごのふたをあけました。

たいへんな嵐《あらし》のあとに、明るい太陽《たいよう》の下でピクニックをするほど楽しいことはありません。パフさんがかごから取《と》りだしたものを見て、クローバーはレースのテーブルクロスだと思いました。しかしパフさんがぱっとひろげると、それはかわいらしい、まっ白なピクニック用のテーブルでした。プルーデンスさんは、おしとやかに自分のレインコートを草の上にしいてすわろうとしましたが、それではたりなかったようで、ハンフリーさんのレインコートもしいています。

パフさんが皿《さら》をならべ、クローバーは紅茶《こうちゃ》とナプキン、それにラッキーと子犬用にビスケットを持ってきました。ココにもリンゴを持ってきました。それから四ひきの魔法《まほう》ネコにも日光浴《にっこうよく》をさせようと、ケージにいれてそとにつれだしました。ラッキーの魔力で四ひきがおだやかになるよう、ケージはラッキーのそばに置《お》きました。

「まあ、なんてかわいいの」

あまい声でそういってケージを指《ゆび》さしたプルーデンスさんに、クローバーはいいました。

「この魔法《まほう》ネコたち、とっても手がかかるんです」

そのとたん、イナズマのしっぽから火花がでて、プルーデンスさんの太いひとさし指にあたりました。

「いたいっ！　もうっ、あぶないじゃない！」

さけび声をあげるプルーデンスさんに、クローバーはいいました。

「見た目は、あてにならないものですよ」

「あなたは小さいのに、かしこいわね」

プルーデンスさんがそういうと、パフさんもいいました。

「ジャムズさんも、ほこらしいでしょうね」

そしてパフさんは、みんなにカップケーキをくばってまわりました。ふわふわとんでいってしまわないように、ひとつずつ。クローバーとルル、レオナルドさんはチョコレート味《あじ》を、ハンフリーさんはストロベリー味を、プルーデンスさんはラズベリー味に白いアイシングでデコレーションしてあるカップケーキをもらいました。巨人《きょじん》のふたりが手にすると、カップケーキはまるで干《ほ》しぶどうのように小さく見えました。ひと口ほおばり、プルーデンスさんはいいました。

「まあ、なんておいしいの！　ねえハンフリー、つぎの読書クラブの会合には、このカップケーキを配達《はいたつ》してもらわない？　みんな、よろこぶわ！」

すると、パフさんはすっかり気をよくしていいました。

「そのような盛大《せいだい》なイベントにデリバリーさせていただけるとは、光栄《こうえい》です！」

そしてプルーデンスさんとパフさんは、すっかりもりあがってデリバリーの計画《けいかく》を立てはじめました。クローバーはうららかな日差《ひざ》しをあびながら、ふたつ目のカップケーキをほおばりました。ひとつ目よりもっとおいしい味です。しかしあとひと口というとき、うっかり手をはなしてしまい、さいごのひとかけらはふわふわとんでいき、木の枝《えだ》にはさまってしまいました。

こんな風変《ふうが》わりなピクニックは、生まれてはじめてです。雑草《ざっそう》だらけの芝生《しばふ》の上に、巨人《きょじん》の夫婦《ふうふ》とレプラコーンの親子がならんですわり、そのまえでは幽《ゆう》霊《れい》のお菓子屋《かしや》さんが宙《ちゅう》にういていています。中でもひときわ風変わりなのは、みんなでテーブルの上につれてきた、こびとのガンプさんです。しかしガンプさんはなぜか、なんともみょうな表情《ひょうじょう》をしています。するとルルがいいました。

「わんちゃんが、こびとさんのひげをなめてる」

クローバーは思わずわらいました。風変わりで最高《さいこう》のピクニックです。そのときふと、子犬にぴったりな名前を思いつきました。「ピクニック」です。

やがて子犬のピクニックは、ルルのひざの上でねむってしまいました。クローバーはピクニックをだいて、紹介所《しょうかいじょ》の中にもどりました。あらためてだいてみると、ピクニックのからだはとてもやわらかく、小さく感《かん》じられます。クローバーは小さな動物《どうぶつ》の部屋《へや》の中に、いそいで子犬用のベッドを用意《ようい》しました。ピクニックがつばさをひろげてもだいじょうぶなほど大きくて、魔法《まほう》ネコのケージからはなれたところにあるケージをえらぶと、中に毛布《もうふ》をしき、セドリックさんが配達《はいたつ》したばかりの羽根《はね》をしきつめました。

ピクニックをそっと寝《ね》かせたそのとき、そとから、なじみのある声がきこえてきました。

「おお、なんと！　これはこれは、みなさん、おそろいで」

ジャムズさんです。紹介所《しょうかいじょ》に帰ってきたのです！　なぜだか、じょうきげんのようです。でむかえようと部屋からかけだし、玄関《げんかん》へむかったクローバーは、だれかにぶつかりそうになって足を止めました。見おぼえのない男の子です。

背《せ》たけも年齢《ねんれい》も、クローバーとおなじくらいのようです。鳥の巣《す》を思わせる茶色い髪《かみ》に、きまじめなふんいきの茶色い瞳《ひとみ》。もともと青白そうな顔は、魔法《まほう》使《つか》いの紺色《こんいろ》のローブを着《き》ているので、いっそう青ざめて見えます。ローブのすそは長く、足首のあたりまであり、生地《きじ》には全体《ぜんたい》に金の卵《たまご》の模様《もよう》が刺《し》しゅうしてあります。とちゅうで嵐《あらし》にあったのか、髪《かみ》もローブもすこしぬれています。まるで石でもつめこんでいるかのような、大きくて重《おも》そうなスーツケースをひきずっています。

男の子は、ずれたメガネをととのえていいました。

「クローバーさんをよんでくれる？　ジャムズさんから、そのひとに卵を見せてもらうようにいわれて。魔法動物紹介所《まほうどうぶつしょうかいじょ》に欠《か》かせないスタッフらしいね、そのひと」

クローバーはにっこりしていいました。

「わたしがクローバーよ。あなたは？」

すると男の子はおどろいて、クローバーをつまさきから頭までしげしげと見ました。

「ぼくはオリバー・フォン・フーフ。魔法動物の専門家《せんもんか》だ」

クローバーは口をあんぐりとあけました。

(この子が魔法動物《まほうどうぶつ》の専門家《せんもんか》!?)

てっきり、メガネをかけて、あごひげをひざにとどくほど長く生《は》やしたおじいさんだと思っていたのです。すくなくとも、ジャムズさんくらいは年をとっているだろうと思っていました。なにしろ、『魔法動物百科』の三巻《かん》分を書いたというのですから。

クローバーは思わずいいました。

「まだ子どもじゃない!」

「そっちだって、まさか子どもだとは思わなかったよ」

クローバーは、自分はただのボランティアで、専門家ではないといいかえしたくなりました。それに、どうして子どもが専門家になどなれるのかききたいと思いましたが、ぐっとのみこみました。

もう、これまでになんでいたからです。目ではなく、心で見なければいけないと。そして、まずは心をひらいてみなければと思い、手をさしだしました。オリバーはいぶかしそうにクローバーに目をやると、あく手しました。クローバーはいいました。

「ジャムズさんのところにいこう。わたし、話さなくちゃいけないことがたくさんあるの。ジャムズさんにも、あなたにもね」

「卵《たまご》は見つかってから、どのくらい日がたってるの？　もう、中でうごいてる音がしたり、ゆれたりしてる？　斑点《はんてん》の色は変《か》わった？」

「ううん」

クローバーはそこですこし間を置《お》いて、つづけました。

「もう、かえったの」

オリバーは目を丸くしました。

「え？　……いや、そんなまさか……すぐに、すぐに見せて！」

「そうねえ、見ることはできないけど」

「どういうこと?」

「まあまあ、あわてないで。これから説明《せつめい》するから」

そしてにっこりほほえみました。

「魔法動物紹介所《まほうどうぶつしょうかいじょ》へようこそ」

クローバーと魔法動物《まほうどうぶつ》2
魔法《まほう》より大切《たいせつ》なもの

2020年10月14日　第1刷発行

作　ケイリー・ジョージ
訳　久保陽子
絵　スカイエマ

発行所　株式会社童心社
〒112-0011　東京都文京区千石4-6-6
電話　03-5976-4181（代表）03-5976-4402（編集）
ホームページ　https://www.doshinsha.co.jp/
装丁　川添英昭
印刷　株式会社光陽メディア
製本　株式会社難波製本

ISBN978-4-494-01746-1

Japanese edition published 2020 by DOSHINSHA　Printed in Japan　NDC933　199p　17.9 × 13.0cm

魔法動物《まほうどうぶつ》の卵《たまご》
魔法動物図鑑《まほうどうぶつずかん》
バシリスク
妖精馬《ようせいば》
（タンジー）